大是文化　처음 읽는 삼국지 1~3

上課想偷看的三國志 ①

始於黃巾之亂，打到官渡之戰，天下如何從群雄變成三國？

亂世中怎樣的人能成英雄？

韓國圖文書超人氣漫畫家 **Team.StoryG** —— 著

劉玉玲 —— 譯

目錄

上課想偷看的三國志 1

目錄

上課想偷看的三國志 2

＊《三國志》為西晉陳壽所寫，《三國
　演義》則為元末明初的羅貫中所著，
　本書內容部分來自《三國演義》。

推薦語

　　即使三國時代已從 108 課綱消失，但這段歷史仍相當精彩，更是現在許多動漫、電玩、小說、戲劇等經常取材的寶庫。藉由閱讀輕鬆搞笑的漫畫，不僅能打開聊天話題，生活中信手拈來的幽默歷史哏，還能提升人文素養，讓人講起話來有趣又有料——如果學生上課偷看這套書，我還真能體諒老師有多難為！

——歷史教師、作家／吳宜蓉

　　兒時讀三國史每每半途而廢，表面假稱與蜀漢共情，不忍見諸葛亮鞠躬盡瘁，事實上是金魚腦記憶力太差，見出場人物眾多，遂仿孟獲棄書敗逃。

　　然而，《上課想偷看的三國志》（共兩冊），以幽默逗趣的漫畫重新詮釋千古風流人物，一舉打破了歷史讀物冗長繁雜的刻板印象。於是，漫長史料中的枝枝節節和來龍去脈，變成了一篇篇簡單易懂、生動精彩的故事，讓你從此讀史不再叫苦連天，與周公相約，反倒不捨掩卷，與一眾東吳美男雲遊江山如畫的世界。

——人氣作家／螺螄拜恩

第 *1* 章

黃巾之亂

只是想熱血救國，結果被搭訕惹

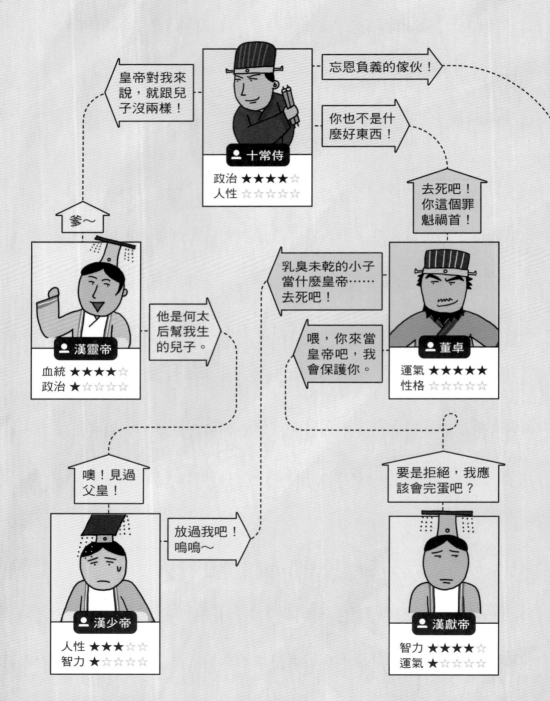

西元168年

一個13歲的孩子，年紀
輕輕就當上了皇帝。

探頭

這個孩子，就是東漢第
12 位皇帝——漢靈帝。

你好啊？

以現代社會來說，13 歲還非常年幼，當時也不例
外。在這個年紀的孩子，更喜歡玩耍，

正是貪玩
的年紀

我要玩遊戲，
你決定就好！

遵命！
陛下。

因此國家的風氣也一天
比一天更腐敗。

陷入一片混亂的漢朝，
變得越來越貧困，

客人，您已
超支了！

天啊……

甚至連漢靈帝本人都開
始買官鬻（ㄩˋ）爵，

請買下我的
官位！

＊用錢財買賣官位。

最終，國家也逐漸走向
衰亡！

空空如也～

漢朝

腦袋就跟鐵罐
一樣空……。

噓！

皇帝老是做這些不法勾當，底下的人怎麼可能清清白白？

哐啷

於是，一個能夠取代皇帝，受到百姓追隨的人物，開始得到了關注。

你是誰？你在拍我們嗎？

張角

張角是個十分推崇老子思想的平凡老百姓。

道教　老子

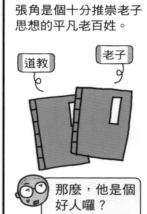

那麼，他是個好人囉？

據說，他為了那些沒錢看病的人到處奔走。

什麼嘛？果然是個好人！

但是，他也一邊傳播自己創立的宗教。

讓我來告訴你一些真理。

什麼？

久而久之，當追隨張角的人變得越來越多，

張角♡永遠的愛

張角便召集人們，說：

我們為什麼會餓肚子？

張角

沒錯！

我們的糧食都是被住在那裡的人奪走的！

對！

洛陽

沒錯！

所以我們要同心協力。

綁緊

把他們拉下臺！黃巾軍萬歲！

嗶～

黃巾

張角的一番話，讓許多人開始起身反抗。

西元 184 年，張角召集無數的百姓，組成黃巾軍，發動叛亂。

黃巾軍

當然，朝廷也有所對策。

什麼？有那麼多人正往這裡前進？

何進
東漢大將軍

是。

確實得先派出士兵，不過誰來保護我？

將軍，該怎麼辦？

對了！

趕快放出消息！要是能平定黃巾賊，朝廷有賞！

什麼？是。

何進立刻派出軍隊討伐黃巾軍，

同時，也向全國百姓募集能夠消滅黃巾軍的士兵，因而引起了許多人的關注。

國家想要你

於是，在一個名為涿縣的小村莊裡，

來買草蓆喔～

來買草鞋喔～

這則消息就這樣傳進一個靠賣草鞋和草蓆維生的男人耳裡。

草鞋……咦？

這個男人，就是劉備。

噔 噔！

全國到處都是黃巾賊，只要討伐他們就有獎賞。
——大將軍何進敬呈

算了，像我這種人。

唉～

劉備

……喂，老兄！

??！

驚嚇！

嚇！

抱歉，我擋到你了！

不，我不是說這個。

為什麼要嘆氣？你還是男子漢嗎？

什麼？

噔 噔！

國家面臨重大危機，

男子漢大丈夫，沒有滿腔熱血就算了，怎麼在這裡嘆氣！

張飛

張飛，身長八尺＊，是個擁有豹子般凶狠面孔、雙眼炯炯有神的高個子！

＊約190公分。

如此高大威猛的張飛，聽見了劉備的嘆息。

有什麼原因嗎？你倒是說來聽聽！

不就是因為不得志，所以嘆氣麼！

嗯？

太開心了！

為了我們劉公，我一定會消滅黃巾賊！靠我一個人就夠了！

哼！有個蠢貨在那邊說大話！

嗯？

黃巾賊是動搖國家根基的逆賊！

你竟然拿這件事來開玩笑，把國家當笑話！

哐！

你對國家一點忠心都沒有嗎？

噠 噠！

關羽

什麼？竟敢在我面前提忠心？

火大！

喂！所以你覺得你打得贏黃巾賊囉？

那當然！我本來就打算喝完這杯酒就去報名義兵。

別開玩笑了！想也知道你會逃走，連家人也一起丟下！

?!

你這傢伙！

!!!!

為什麼你們要這樣！我們明明志同道合……。

嚇！

喔！

你這傢伙懂什麼？敢在這裡隨便嚷嚷！我，關羽就是正義的化身。

所以？那又怎樣！

你這種人竟然還在酒館買醉？

摸索
摸索

抓！

拿去！好好喝個夠吧！

丟！

！！！

大家別這樣！

唰！

你先冷靜一下。

呃啊！抓……

嘩啦啦

啪

!!!

!!!

嗒！

劉備一下子被灑了滿身的酒。

鴉雀無聲……

···

···

···

……嗚。

嗚嗚……。

先……先生。您沒事吧？

嗚嗚……。

什麼啊？

拜託，用不著哭吧。

嘀咕 嘀咕

實在太失望了！好像突然從一場美夢醒來一樣。

咦？劉……劉公？

我還以為，我想拯救國家的念頭，終於被老天爺聽見了，

所以上天才會派你來見我！

可是現在？

和酒後鬧事的地痞流氓有什麼兩樣？

張公、關公！謝謝你們讓我作了短暫的美夢。

我先告辭了。

哎呀！劉公！劉公！

不……！

搞什麼？結束了嗎？

好像是。

什麼嘛？真無趣……。

…

…

隔天，關羽和張飛上門拜訪劉備。

叩叩！

叩叩！

請問哪位？這個時間……？

呃嗯，您好？我是關羽，我們上次見過面。

嘿嘿，劉公。你的身體好些了嗎？

吱咿咿……

哎呀！劉公！劉公！

對不起！我們是來向您道歉的！

別這麼說，兩位的心意我已經了解了！

所以沒關係。

不需要特地前來道歉，兩位請回吧！

劉公！

別這樣……。

備兒！你這是在做什麼？

母親！

兩位貴客親自登門拜訪，怎麼能隨便把客人送走？

身為皇室成員，你不覺得羞愧嗎？

抱歉，請原諒我兒的無禮。

別這麼說！我們才該說抱歉。

是啊！

備兒，你去招呼客人，我來準備酒席。

什麼？那個，母親⋯⋯。

這種場合怎麼可以沒有酒？

相信娘親，他們將來會成為你的支柱。

是啊。

母親！母⋯⋯。

⋯

⋯

請進！我有很多話想說。

就這樣，劉備、關羽、張飛，在劉備家中再次相聚。

三個人徹夜把酒言歡，過去的不愉快也就此煙消雲散。

正當聊得起勁時……

我們不如結拜為兄弟，一起討伐黃巾賊吧？

結拜兄弟？

應該再也遇不到這麼志同道合的人了！

一起拯救國家吧！

這個想法真好！

好！

我也覺得和你們在一起，沒有辦不到的事。

照年紀來看，關公是大哥，張公是老么！

不，起初我們來，就是為了請劉公當我們的大哥。

什麼？！

我們的內心充滿正義，才會聚在這裡。

所以，長幼有序並不是最重要的！

上次見識到劉公您的才幹，我們決定追隨這樣的人。

大哥！請您務必接納我們。

大哥！！！

！！！

……我明白了。如果兩位真的這麼想……！

就這樣，劉備、關羽、張飛在院子後方的桃園結拜兄弟。

劉備、關羽、張飛在此！

就算不同姓氏，我們也會是同心協力、相互扶持的兄弟！

上報國家、救濟百姓！

不求同年同月同日生，但求同年同月同日死！

天地為證，如有違背誓言者，必遭懲罰！

這就是赫赫有名的劉備、關羽、張飛的桃園三結義。

噹噹噹！

對天發誓！

實在太感人了。所以劉備的時代就此展開囉？

……還沒，還不是現在。

就算關羽和張飛的武力再怎麼厲害，

呃啊啊啊啊啊啊！

喀啊啊啊啊啊啊！

當時的他們，充其量只是民兵的首領。

有多少人？

500 名。

哎呀～

不過他們也不是省油的燈，不僅打倒黃巾賊，對平定叛亂也立下許多貢獻。

而且沒多久，身患頑疾的張角就去世了！

呃！

因此，剩下的黃巾賊殘黨，就成了烏合之眾。

吱吱

我們接下來要幹麼……？

吱

大哥！

張飛！

你看那裡！黃巾賊落荒而逃了。

是啊。這裡現在安全了！

接下來又能天下太平了吧？

……

……這個麼，我也不知道。

咦？大哥你怎麼了？

？

關羽、張飛。我們消滅的究竟是什麼？

不就是黃巾賊嗎？

是啊，沒錯。

不過，他們以前也都是這個國家的百姓。

為什麼他們會變成黃巾賊？

是什麼讓他們變成黃巾賊？

洛陽

我的腦中突然浮現這些想法……。

大哥……。

在漢朝官兵和義兵極力的討伐之下，黃巾軍被消滅殆盡。

不過，整個國家依舊動盪不安。各種非法勾當迅速蔓延，

貪贓枉法

〔魔法卡〕

百姓的生活越來越艱辛。

貪贓枉法正導致另一連串新的鬥爭。

那就是皇帝的舅舅——大將軍何進，

十常侍！

與十名服侍皇帝的宦官十常侍之間的鬥爭＊。

想幹麼？

＊十常侍之亂。

…

我知道了，我會說得簡單一點。

黃巾軍起義前的東漢末年，朝廷權力由兩大派系把持。

首先，年幼的皇帝一旦即位，皇太后一方的勢力，也就是外戚，就會握有權力。

小孩子懂什麼……

這種事就交給母親。

不過，等皇帝到了一定的年紀，就會發現一切不對勁，

…

明明我才是皇帝

所以皇帝才會和自己最親近的宦官們結盟。
宦官們感謝都來不及，又有誰會厭惡權力？
雖然日子很苦，但現在不一樣了！
就這樣，漢朝的權力分成宦官、外戚兩派。
和我何進一起壯大勢力！
壯大十常侍！
另外，這裡還有一個關於何進的故事……。
你好，我是何進。想聽聽我的故事嗎？
Impossible is nothing.
何進曾經是村莊裡最有錢的屠夫。
當時的他，擁有一樣無比值錢的東西。
你好～
那就是他的妹妹，何氏相當貌美動人。
來吃肉 ^^
當然要吃肉囉！
…

當時何進突然靈機一動！

對了！只要利用妹妹，我也能變成掌權者！

他幾乎花光所有財產來賄賂十常侍，

收下吧！

收下賄賂的十常侍，也如何進所願，讓何氏進入皇宮。

收到了！

就這樣，何氏和漢靈帝相遇，兩人墜入愛河，甚至生了一個兒子。

妹妹啊～妳辛苦了！嗚嗚

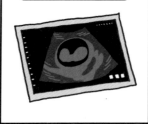

也就是說，何進變成了皇室的外戚。

恭喜你啊！喜事一樁，請客吧！

啪！

區區一個宦官，竟敢把手搭在皇后的兄長肩膀上？

???

變成外戚的何進，立刻與十常侍劃清界線，彷彿早就有所計畫。

喂！一想到這段時間進貢給你們的錢，我就睡不著，你知道嗎？

什麼？你這個忘恩負義的……。

西元 189 年，漢靈帝在 34 歲時駕崩了！

你說什麼？！

嘻嘻～

那麼，下一位皇帝應該是由何氏的兒子繼承皇位？這樣一來，何氏就會變成……？

噢吼！要叫我何太后才對！

就這樣，身為皇室外戚的何進與何太后，掌握了更大的權力。

最後，為了爭權奪利，他們都只想殺了對方。

黃巾賊起義時，我早就組好另一支義兵了。

現在黃巾賊的狀況如何？

是，黃巾賊幾乎已經消滅了！

雖然有幾支義兵軍隊變成軍閥*，但大將軍不必擔心。

袁紹

*以武力為後盾，掌握政權的軍人集團。

現在我們的死對頭是十常侍。

我們必須擬定突襲作戰計畫！

殲滅十常侍大作戰

真開心

噔噔！

首先，皇宮的結構……

……咦？

等一下！這個待會兒再說。

什麼？

？？？

曹操

＊何進的手下。

我就知道，你們先出去吧！

是……。

怎麼回事？難道何太后娘娘發現了？

看來……好像是那樣？

這樣不行。要是突襲行不通，就用人海戰術！

必須召集周圍的將領。

……呼，走了吧？

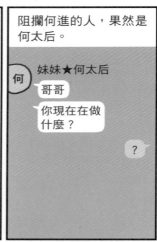

阻攔何進的人，果然是何太后。

何　妹妹★何太后

哥哥

你現在在做什麼？

？

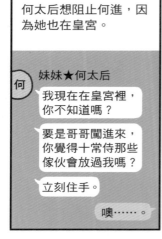

何太后想阻止何進，因為她也在皇宮。

何　妹妹★何太后

我現在在皇宮裡，你不知道嗎？

要是哥哥闖進來，你覺得十常侍那些傢伙會放過我嗎？

立刻住手。

噢……。

這件事傳到十常侍的耳中，便率先殺了何進。

嘻嘻！

就這樣，何進最後反倒死在十常侍的手裡。

啊

啊！

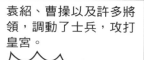

什麼？所以十常侍那些人贏囉？

不，十常侍也沒有全身而退。

袁紹、曹操以及許多將領，調動了士兵，攻打皇宮。

十常侍殺了何進大將軍，把宦官殺光光！

無比奢華的宮廷，瞬間成了一片血海。

把皇上找出來！不能讓宦官搶先一步！

與此同時，十常侍帶著漢少帝與何太后以及少帝同父異母的弟弟劉協，一起逃走。

呵！走著瞧！皇上還在我們手上。

那邊有火光！我們去向他們求救！

什麼？等等！好像有點奇怪！

……真是的，我的運氣還真好啊？

……!!!

!!!

此時，曹操和袁紹正在皇宮裡。

找到皇上了嗎？

沒有，好像已經跑出去了。

讓開！皇上駕到！

!!!

!!!

?!

嘿嘟！

從歹毒的宦官手上，把陛下救出來的人，就是我！

嘿嘟！

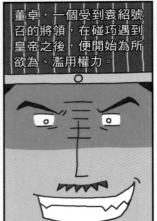

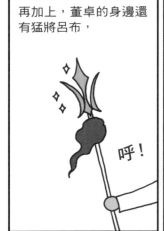

董卓的惡劣行徑越來越囂張，

我，董卓，就是這個世界的中心！

哈哈哈哈！

連各地軍閥也意識到了危機。

所以說嘛！你幹麼連董卓也一起叫來？

我哪知道會這樣？

曹操

袁紹

這樣不行，必須快點採取行動。

該怎麼做？

唰！

全國軍閥啊！請給予我力量！

喔……

搞什麼！最後還不是要叫上所有人嗎？

於是，袁紹寄出信函，召集討伐董卓的軍閥。

想打倒董卓的人來這裡！

要加入，就趁現在。

這就是「反董卓聯盟」！

打倒！董卓！

那麼，在袁紹組成反董卓聯盟的期間，曹操在做什麼？

唉⋯⋯袁紹真是的。

真不講道義。要是他對國家忠心耿耿，就會留在洛陽 *。

但他卻獨自逃走。

＊董卓奪權後，袁紹逃離到冀州。

難道不是嗎？王允伯伯。

⋯

呵呵，每個人的選擇怎麼可能一樣？

王允 *

＊東漢末年大臣。

如果有像袁紹這樣，對外號召的人，

當然也會有像我們這樣，暗中計畫的人。

那麼，開始進入正題吧。

來談談該如何除掉逆賊董卓？

曹操與官員王允，正在制定暗殺董卓的計畫。

又不是要幹什麼大事，反正辦法只有一個。

嗯？

只要給我
一把寶劍。

我就能趁董卓
不注意，摘下
他的人頭。

叮！

不愧是曹操！
你才是漢朝的
忠臣！

！！！

拿去，這是我家
的傳家之寶，七
星寶刀。

用這把刀砍下
董卓的腦袋，
綽綽有餘！

於是，曹操拿著
王允的七星寶刀
親自找上董卓。

我是曹操！前來
拜見董卓大人。

嗯？你是
曹操？

嗯，你就那
麼想見我？
有何貴事？

還能有什麼事？

臣子前來面見
主君，還需要
其他理由嗎？

曹操一下子就得到了董
卓的喜愛。

哎呀、哎呀，
你真有兩把刷
子？呂布！賜
給他一匹馬！

咦？我知
道了。

哈啊，好睏。你想
待在這就待著吧！
我要睡一下。

是……。

您安心睡吧……。

嗖……

董卓背對曹操沉沉睡去。

呼
嚕
嚕～

就是現在！曹操拔出七星寶刀，握住刀柄，緩緩向董卓逼近……！

……曹操？你在做什麼？

!!!

董卓從睡夢中醒來，透過臥床旁邊鏡子的反射，看見了曹操。

你為什麼拿著刀走過來？你該不會是……？

!!!

此時，曹操的腦袋正在高速運轉！

糟了

啊捏母湯？

……給您。

嗯？

我想把寶劍獻給董卓大人！

請您務必收下！

跪 下

董卓終於發現真相。

曹操！你這個該死的傢伙！

被發現了！

雖然曹操立刻騎馬準備逃離洛陽……。

但士兵早已收到通緝令，最後順利抓到曹操。

！

曹操動彈不得，陷入死亡危機。此時，有個人正在接近曹操……。

哎呀！還真是個麻煩人物？

他就是董卓將領陳宮！一開始，陳宮並沒有效忠於董卓，因此曹操大膽的行為，引起了陳宮的興趣。

你要不要僱用我啊？

我想請你當我的主公呢！

陳宮

在陳宮的協助之下，兩個人一起逃離了洛陽。

太慢了吧？這樣下去會被追殺。

嗯……。

4km/h

於是，曹操前去投靠父親住在附近的朋友——呂伯奢。

你們到啦！在這裡好好休息再上路！

呂伯奢

叔叔，謝謝你，給你添麻煩了。

別客氣，我叫孩子們幫你們準備一些吃的。

哎呀，沒有酒呢！你先暫時躲一下。

不，不用麻煩了！

匆忙！

在不確定董卓的軍隊何時會闖進來的狀況下，曹操依然相信呂伯奢。

曹操，這樣沒關係嗎？

沒事，他是好人。

但是，呂伯奢家人之間的對話，卻傳到了曹操耳中。

要是掙扎的話，該怎麼辦？

沒關係，反正我們有的是辦法！

那些話聽起來就像要殺掉曹操一樣。

沒錯！我們一起上，他肯定動彈不得！先捆起來再殺掉！

好！數到3，我們一起上？

了解。來吧，1……2……。

曹操全身壟罩在恐懼和背叛感之中。

最後，曹操殺了呂伯奢的家人。

喀啦！

咦？曹操大人……

我不會死！不會死！

啊！

啊啊！

曹操大人，為什麼……

曹操殺光所有人之後，才發現事情的真相。

！！！！！！！

其實，剛才呂伯奢家人之間的對話，是為了抓住用來招待曹操的豬。

曹操的多疑，奪走了無辜的生命。

他們要殺掉的是……？

你現在想怎麼做？嗯？我問你該怎麼辦！

還能怎麼辦？生米都煮成熟飯了，只好趁別人還沒來之前，趕快離開。

什麼？你是認真的嗎？

沒有其他辦法只好逃跑的兩人，此時遇上了呂伯奢！

咦？你們要走啦？別這樣，大家一起喝杯酒吧！

……

嗯？為什麼拿刀？上面的血又是……

嚇！

不行！不要這樣，曹操！

當時，如果讓呂伯奢活著離開，說不定會被告發。於是，曹操又再次舉起刀子。

哈哈……誰都傷害不了我。

老先生！老先生!!!

我，曹操，寧可辜負天下人，也絕不容許別人辜負我。

我的媽呀!!

昨夜發生的呂伯奢殺人事件，雖然對曹操沒有太大的影響，

我沒有錯！

但終究對某個人造成了衝擊。

我……說不定把怪物放出來了？

在陳宮的擔憂還沒消除之前，兩人馬上到了另一個地方。

到了！

那就是以袁紹為中心組成的「反董卓聯盟」！

是反董卓聯盟！

噔　　噔！

從這裡掀起的一股風暴，

即將席捲整個世界，

但此時的曹操還不知道。

…

滿有趣的呢！

這個故事，我會在下一章的「反董卓聯盟」告訴你！

下一章！

三國（噓！）攻略筆記

盧植

東漢末年政治家、學者和將軍。
不僅大力平定黃巾之亂，同時也是劉備和
東漢將軍公孫瓚的老師。
在討伐黃巾賊的過程中，遭人誣陷而被驅
逐，原本的位置由董卓頂替。

> 沒錯！我曾經
> 教過劉備！

朱儁、皇甫嵩

和盧植一同討伐黃
巾賊的名將。

張寶、張角、張梁

張角三兄弟。兩個弟弟跟隨大哥張角，一起指揮黃巾賊。

太平道
張角所創立的宗教名稱。與後來的五斗米道*，屬於同一類的道教。

大賢良師
張角創立太平道時，用來稱呼自己的職稱。

＊東漢張陵所創的宗教，也稱為天師道。

三國〔噓!〕攻略筆記

你見過哪個太監讓皇帝喊他一聲爹嗎？！嗯哼！

十常侍　張讓

十常侍的首領，深得漢靈帝的信任，甚至讓皇帝喊他為父親。

雖然在袁紹帶兵剷除十常侍的當下，張讓帶著何太后、漢少帝和其弟弟劉協逃離皇宮，但最終還是落入董卓手中。

張讓，要是我沒有退休，你肯定一句話也不敢吭。

爺爺，要不要讓我去殺了那些傢伙？

曹騰

比張讓更有影響力的宦官。曹騰的養子所生下的兒子，也就是他的孫子，正是曹操。

十常侍、何太后與董卓建立的皇帝族譜

漢靈帝視十常侍如父母，他的兒子劉辯，在何太后的扶持下，成為漢少帝。

不過，在董卓掌握權力後，少帝同父異母的弟弟劉協，便以「獻帝」的名號即位。

第 *2* 章

✳

反董卓聯盟

當英雄爭霸變打地鼠，
不是你死就是我活

人物關係圖　西元 190 年 – 192 年

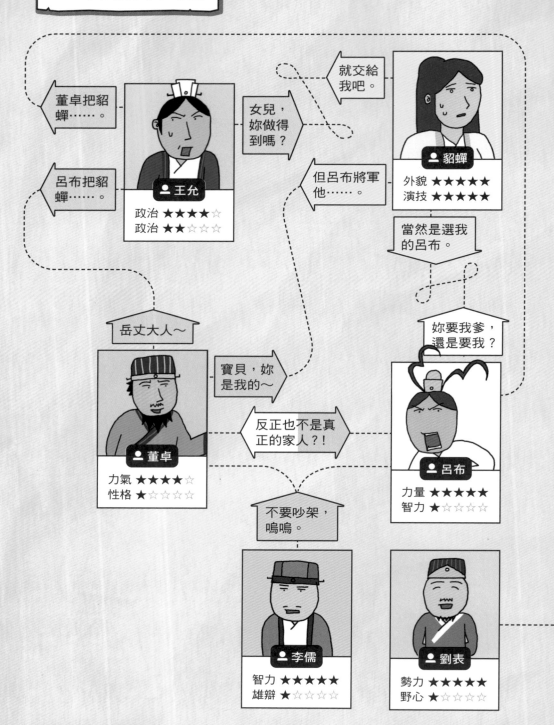

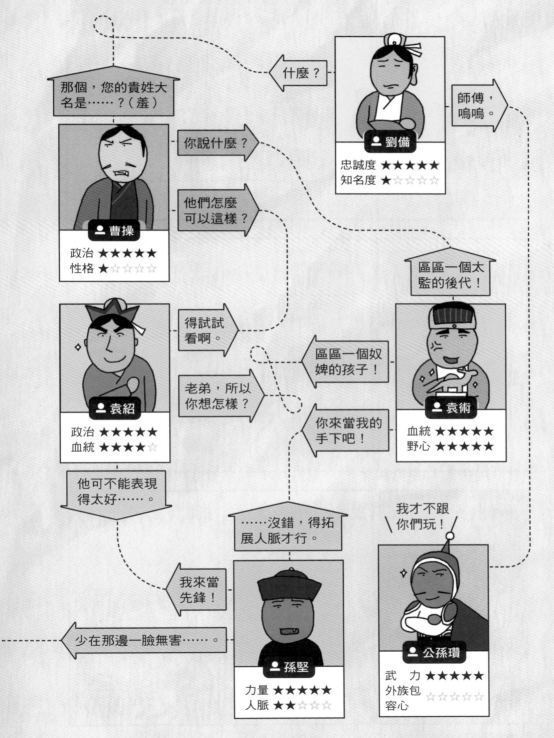

現在反董卓聯盟已經成立了！

來！各位，我們出發吧！

不過，軍閥們其實誰都不願意先站出來……。

咦？要去哪？

…

因為這就跟打地鼠遊戲一樣。

咦？

假如你是董卓，正在玩打地鼠遊戲。

這麼突然？

照做就對了。

眼前的這些地鼠們，只要把頭伸出來一次，就能得一分。

1分

1分

1分

但你會放過牠們嗎？肯定會拚命敲打冒出來的地鼠吧！

呃呀啊啊啊啊啊啊啊

接著，遊戲結束後，必須選出第一名，

…

啵！

在這之中，什麼樣的地鼠才能拿第一？

我……是我……。

當然是和你交手最多次的地鼠，能拿第一。

看吧？我是第一名，你們這些傢伙！

但是遊戲結束後，其他的地鼠會放過身負重傷的你嗎？

只要沒有你的話……？

返回……

加入反董卓聯盟的軍閥們，就是處在這樣的狀況！

反董卓聯盟看似由一群正義之士所組成，

處決挾持皇帝、為非作歹的董卓！

但所有人都能一直保持正直嗎？絕對不可能。

趁這個機會出名吧？

收拾一下再走吧！

雖然要看大家的眼色，但這樣對嗎？

而且他們心知肚明，一旦董卓被趕走，旁邊的人就會變成第二個董卓。

在這裡鬆懈的話，

就太愚蠢了。

因此，情況也不得不變成這個樣子！

這是怎麼一回事！

剛才都看到了吧？沒有任何人站出來！

到底在想什麼？大家要一直這樣下去嗎？

你不也是暗殺董卓失敗才來的嗎？

起碼我有試過！你見過呂布嗎？

為了與董卓決戰而齊聚一堂的反董卓聯盟，反而忙著自相殘殺。

我去吧！

嗯？

不管怎樣，最後還是必須有人先站出來，

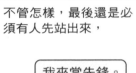

我來當先鋒。

孫堅！

這時，不顧個人得失，率先站出來的，就是江東之虎──孫堅。

沒問題吧？汜（ㄙˋ）水關有董卓將領華雄在看守……。

哼！那小子一定會死在我刀下！

想抵達皇帝所在的洛陽，一定要攻下汜水關。只要贏了，絕對能夠立下大功！

當然！

孫堅立刻朝著汜水關進攻，掃蕩守在關口的董卓軍隊。

嚇！

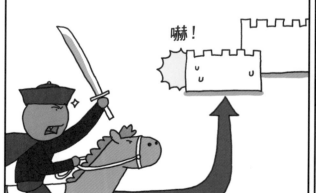

此時，反董卓聯盟內部的氣氛……

反而相當低迷。

因為孫堅的表現實在太亮眼了。

不能讓他一直打贏吧？

該受到關注的人是我才對吧？

最後，連供給物資的袁術，都開始嫉妒孫堅。

哼！我不管了！煩死了。

袁術

袁術刻意不發糧給孫堅，

不准走。

什麼？

想辦法讓孫堅撤退。但問題是，孫堅一旦撤退，一切就前功盡棄。

你故意不給的，對吧？

不、不是啊？

他們為什麼自相殘殺？

雖然我很開心。

各路諸侯大戰董卓軍隊的華雄未果，還有誰會再來攻打汜水關？

於是，反董卓聯盟又再次面臨困境。

各位。

我們到那裡，會不會嚇到退縮？

哼！就算那樣，難道他們會比我強？

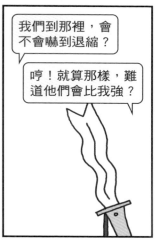

華雄的存在，令反董卓聯盟束手無策。

呼！

…

此時出現在聯軍前方的，

您好?!

是劉備、關羽、張飛三兄弟。

我們也想盡一份力。

啊哈！原來這就是那個啊？

關羽的青龍偃月刀砍向華雄，

並擋住了呂布的攻擊！

慢速

劉備、關羽、張飛瞬間一炮而紅。

N

新聞快訊　演藝　購物

熱門搜尋關鍵字

1	袁紹	-
2	曹操	-
3	董卓	▲
4	劉備 NEW	▲

沒錯！雖然還只是小軍閥，但那是他們的名字，第一次被其他軍閥聽見。

…

好，讓我們再回到孫堅的故事。

這麼快？

嚼 嚼

孫堅整頓完畢後，立刻進軍洛陽，連董卓也無法抵擋。

走吧！

呃啊！

哐！

哎呀！

被孫堅打敗的董卓，好不容易活了下來。

哎呀，好痛啊。

李儒！告訴我現在的狀況！

是！董卓大人！

李儒
董卓軍師

董卓軍隊原本守護洛陽的汜水關被攻破了。

民心也正在動搖。

下臺！

OUT

董卓

董卓下臺！

怎麼會這樣？我做錯什麼了？

呂布！我兒子呂布現在在哪裡？

在路上了！

噠噠噠噠噠

準確來說，他正在撤退。

嗷

呼，那我只能在這裡等死了。

所以我想過了。

不如乾脆去長安吧？

長安？

沒錯。反正皇帝在我們手上，與其就這樣被抓，不如去長安。

喔！

這個主意不錯。馬上開溜吧！

這麼快？

於是，董卓逃往長安之後，便下令燒毀洛陽城。
只有一代暴君能做出這種駭人聽聞的事。

這件事，反董卓聯盟的孫堅當然不知情。

大叔，麻煩到洛陽。

OK！

隆隆！

TAXI

！！！

怎麼可能……洛陽……。

大叔，我要在這裡下車。

OK！

急煞！

大家快出來！先滅火！

是！

雖然孫堅的軍隊撲滅了火勢……。

這是洛陽嗎？

擁有 400 年歷史的國家首都……竟瞬間變成一堆灰燼！

將軍！那邊的水井裡……！

嗚～董卓你這傢伙……。

此時，一道璀璨的光芒，正從井裡散發出來。

孫堅從井裡撈起一項物品……而這個讓他目瞪口呆的東西，

這……
這個是……！！

就是玉璽。

你知道什麼是玉璽吧？

當然！不就是皇帝的印章嗎？答應某件事時，要用的……！

沒錯。那是皇帝用來處理國事絕對不可或缺的東西。

擁有玉璽
↓
玉璽是皇帝的印章
↓
蓋上玉璽，就等同於皇帝的旨意。
↓
所以，得到玉璽的孫堅……

就能為所欲為了。

什麼啊？好像是孫堅的聲音？

呃哈哈哈！

繼孫堅之後，雖然其他軍閥也紛紛抵達洛陽，

但眼前只剩下一堆灰燼。軍閥們一句話也說不出來。

現在該怎麼辦？

先冷靜下來，回去吧。

回去？哪裡？

還能是哪裡？當然是先回各自的軍營。

千里迢迢來到這裡，竟然說要回去？乾脆直接攻打董卓的軍隊吧！

說不定有埋伏！不要自找麻煩，撤退吧！

他連火都放了，哪來的埋伏？不想跟就算了。

你看他……誰能攔得住他的牛脾氣？

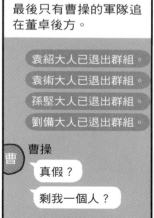

最後只有曹操的軍隊追在董卓後方。

袁紹大人已退出群組。

袁術大人已退出群組。

孫堅大人已退出群組。

劉備大人已退出群組。

曹 曹操

真假？

剩我一個人？

那麼，曹操順利剷除董卓了嗎？

一閃！

一閃！

果然如袁紹所料，董卓的軍隊早已有所埋伏。

董卓

董卓

曹操

於是，曹操被打敗了。

不對！這場對決，我才是贏家！

嗯？不是說輸了嗎？

沒錯。曹操在這場戰鬥中，好不容易撿回一條性命。

所以他究竟是怎麼獲勝的？

雖然輸給董卓，但堅持到最後的人，不是反董卓聯盟，而是曹操！

挨最後一拳，才能拿到金幣！

咿呀！

也就是說，天下萬民開始支持曹操。

那個人說不定還不錯？

喔～

2

趁著這個機會，曹操也建立起自己的勢力，

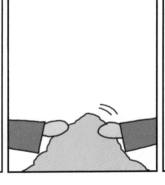

甚至占據了中原地區的兗（一ㄢˇ）州。

唰！

另一方面，孫堅得到玉璽之後，很可惜，他一次也沒有用到。

嘿嘿……得向夫人好好炫耀。

孫堅你這傢伙！

袁術以孫堅的妻子作為人質，搶走了玉璽。

把玉璽交出來。否則，你應該知道的？

老……老婆！

老公！對不起……。

袁術奪走了玉璽，接下來他會怎麼做？

待會兒告訴你！

反董卓聯盟解散後，所有人回到各自的軍營。

現在該來說說還剩下哪些軍閥了吧？

明日之星！簡介

就定位！

首先是袁紹。

NO！頭盔一點也不帥，我不戴。

NO！

袁紹出身名門望族，擁有俊俏的外表，是當時知名度最高的軍閥。

袁紹 🔍

袁紹	外表	⊗
袁紹	媽媽朋友的兒子	⊗
袁紹	皇室	⊗
元素	週期表	⊗

👉 把這個刪掉！

※韓文中，「袁紹」 是。與「元素」同字。

不過如此優秀的他，還是有缺點。

我這麼完美，怎麼會有缺點？

那就是，他的身世祕密。

其實，你不是我的兒子！

袁成

什麼？

袁紹

嘻嘻嘻 袁術

事實上，袁紹是袁成的弟弟袁逢，與一名奴婢生下的兒子，即袁紹是袁氏家族的庶子＊。

我不能叫父親一聲爹……。

你也是嗎？

＊朝鮮的兩班（指貴族階級）與賤民階層女性所生的兒子。

因此，袁紹身邊總有許多輕視他的人。

區區庶子，算什麼哥哥！我才不承認！

哼！

但袁紹反而利用這缺點，

哎呀～

像長子一樣，替養母舉辦喪禮，看守靈堂，

你說他是袁逢的兒子袁紹？

噓！

有什麼關係？大家都知道這件事。

不過在戶籍上，他還是大伯袁成的兒子，所以才會以長子擔任喪主。

不過，那孩子還真善良，即使是養母，也願意……。

對吧？人也長得俊俏，真好看！

再加上父親相繼去世，袁紹獨自一人連續守喪6年。

從當時人們的儒家觀念來看，袁紹的行為相當值得讚許。

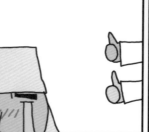

雖然是庶子，但帥氣的外表和名門望族的背景，再加上很孝順，袁紹得到許多人的愛戴。

名門望族

孝心

外表

培養出一群追隨者的袁紹，瞬間壯大成新興的軍閥。

竹子前5年只長出根部，但之後一個月能長出16公尺。想成功，就得吃苦！

就算是這樣，一個奴婢的孩子，有必要介紹這麼多嗎？

不過，有些人還是不願意認同袁紹。

走著瞧！

哼！

下一個是曹操。

曹操從小就足智多謀。

而且他非常擅長說謊，為了自己的利益，傷害別人也在所不惜。

抱歉了，呂伯奢，我也是逼不得已。

雖然大家見到曹操的所作所為，都說他是奸雄，但他本人毫不在意。

曹操將會成為一代奸雄。

奸詐的英雄！！

帥斃了……

好！下一個是公孫瓚。

對了！還有公孫瓚！

現在才介紹公孫瓚是有原因的。

什麼原因？

因為公孫瓚並沒有加入反董卓聯盟。

哼！我才不要加入。

至於他不參加的原因，等到他和袁紹對決的時候再說吧！

……

只要知道，公孫瓚是北方最強就可以了！

北方惡鬼，就是我本人！

接下來是劉表。

呵呵呵

劉表是南方荊州軍閥，周圍有袁術和孫堅。

劉表不喜歡衝突，所以和其他軍閥一樣，不會主動發動攻擊。

我不會打你，你也不要打我。

從某個角度上來看或許很正常。但問題是，當時是亂世。

好想要荊州……。

除此之外，還有韓遂、劉焉、公孫度等人，

撲通……撲通……

但這些人不太重要，所以跳過！

太過分了！

我們現在先回到董卓的故事。

哎呀！

剛剛說到，董卓拋下首都洛陽，前往長安，

但等董卓實際遷到長安，人們卻不再關注他。

孩子們，你們不過來嗎？

……

反董卓聯盟

董卓被排除在軍閥的鬥爭之外，一時之間失去了他人的關注。

徹底的邊緣人

一瞬間，董卓變成了局外人。

這是好事……嗎？

但是，想殺害董卓的人依然存在。
這個人，就在長安裡。

這件事不能被董卓聽見！

噓！

安靜點！

是！

東漢官員王允，正打算暗殺董卓。

為了守護這個國家和皇室。

王允

因為要是不殺董卓，東漢肯定會走向滅亡。

此時，有個人前來幫助王允完成計畫。

算我一份！

咦？呂布？！

我要親手殺了董卓！

公孫瓚

袁紹

劉備

曹操

董卓

袁術

劉表

以上是剛才介紹的軍閥們，當時所占領的地盤。

孫堅

現在就讓我來告訴你，呂布背叛董卓的原因。

走吧！

即使是最厲害的「人中呂布」*，

一旦遇見愛情，呂布也會變得無比脆弱……。

*「馬中赤兔，人中呂布」：用來比喻非常出眾的人才。

等一下，讓我先介紹王允的一位家人。

嗯？王允的家人？

她叫做「貂蟬」，也就是王允的養女。

在董卓一連串暴政下，東漢陷入危機。最後，王允做出了決定。

……妳做得到嗎？

父親，我可以。

王允為了讓呂布加入暗殺董卓的計畫，決定利用貂蟬。

……女兒，我對不起你。

別這麼說，我很高興能幫得上忙。

不過，他究竟打算如何利用貂蟬？

我親愛的女兒貂蟬……

謝謝妳來當我的女兒……。

首先，王允把女兒介紹給呂布。

你好，這是我的女兒貂蟬。

！！

貂蟬的美貌令呂布一見傾心。

於是，呂布立刻請求王允將女兒賜給他，王允也欣然答應。

貂蟬

呂布

不過，在那之後，王允也將貂蟬介紹給董卓。

最後，董卓也請求王允將女兒賜給自己。於是王允的詭計終於得逞。

貂蟬

呂布　董卓

兒子　父親

王允對呂布說：

呂布大人！我該怎麼辦？

董卓大人擅自帶走我的女兒了！

什麼？父親？

此時，和董卓在一起的貂蟬……。

董卓大人，您覺得呂布將軍怎麼樣？

嗯？他很優秀啊！

是嗎？如果呂布大人想娶我，您會答應嗎？

什麼？妳和我兒子啥時認識？

哎呀！都怪我不該讓呂布將軍愛上我。請您原諒我！

呂布那小子！竟想搶走貂蟬？！

王允和貂蟬的挑撥離間成功了！

看什麼看？

你說什麼？臭小子！

呂布見到董卓和貂蟬在一起，氣得咬牙切齒，

你住的那個家～　也應該是我的家～

而董卓也漸漸看不慣呂布的所作所為。

?!

然而就在董卓外出的某一天……。

呀－啊！

哐！

妳好像變得更美了呢？把我耍得團團轉很有趣是吧？

天底下那麼多帥哥，為什麼偏偏是我爹？

...

快說……！

伸～

我好想你。

喔？

董卓馬上就要過來了。我來想辦法拖延時間，你快離開這裡！

然而，董卓比想像中更早抵達，不小心撞見兩個人在一起的畫面。

知道了吧？你要多保重！

你們在幹什麼？！

握緊！

你這個……
不肖子！

呀－啊！

喔！

眼看事情一發不可收拾，李儒試著緩和兩人的衝突。不過，事情有那麼容易嗎？

好啊，
笑著打一場
架吧！

好了！大家別這樣，笑一個吧？

辦不到！

就這樣，兩人變成了死對頭。

不跟你玩了！

啪！

不過，兩人的關係打從一開始就不和睦。

總之，董卓軍隊因為這件事，陷入重大危機。

呂布

董卓

而董卓之所以如此看重呂布，正是因為他優秀的戰鬥實力。

知道人中呂布的厲害了吧？

對人中呂布一直信任有加的董卓，現在竟反目成仇？

現在我不跟你玩了！

?!

於是，李儒出面說服兩人。他向董卓說明必須放棄貂蟬的理由，

天下有多少女人，但呂布卻是無人能取代的將軍。

呂布

並告訴呂布，董卓答應遵守諾言。

李儒大人送來了禮物與訊息。

打開我的禮物

傳送感謝小卡

贈送禮物

這啥？

李儒

結婚那天穿上這件。

董卓大人要把貂蟬讓給你。

！

在李儒的努力下，雙方的關係似乎暫時得到了改善。

呼嗚～

董卓 呂布

於是，當兩人再次和好如初，貂蟬也決定亮出她的底牌！

董卓大人。

噢……貂蟬妳來啦？

謝謝您這段時間對我的珍惜與愛護。

妳怎麼了？為什麼要道別？

這不是當然的嗎？

如果跟隨那個凶狠霸道的僕人（呂布），他怎麼可能不對我伸出魔爪？

所以我才來找你，如果我死了，請您不要太傷心。

！！

那張底牌，就是貂蟬的眼淚！

貂蟬的眼淚，讓董卓回心轉意，

我對不起妳！我竟然想把妳讓給那個殺人魔！

我不給！　不給了！

決定收回把貂蟬讓給呂布的承諾。

看來得反悔了！

那麼，呂布會坐視不管嗎？難道只能眼睜睜看著煮熟的鴨子，就這麼飛走了？

董卓，反正你也不是我親爹。我要殺了你！

此時，王允立刻在一旁搧風點火，

呂布大人，我們不如殺了董卓那傢伙吧？

灌輸呂布各種殺害董卓的理由，

他很可惡吧？很該死吧？

甚至挖好陷阱，打算將董卓引到皇宮，一口氣解決他。

都挖好了！開始填土吧！

最後，董卓從陷阱裡掙脫，在倉皇逃跑的過程中，

遇上了手握方天畫戟*的呂布。

沒錯，當初皇帝說要讓位，我就應該要發現不對勁！

嚇赫……

嚇赫……

*一種古代兵器。

噢！我的兒子呂……。

用力！

兒子？我怎麼會是你的兒子？

我姓呂，而你明明姓董？

啊 啊！

咳……

你……你……！

董卓手握的權力，強大到足以輕易撤換皇帝，

咚！

下場卻如此荒唐淒涼。西元192年，此時距離董卓攻入洛陽城，不過才3年。

哇～我們真是有緣！

我是被養子殺掉的。

…

*凱撒大帝被布魯圖所領導的元老院成員暗殺，並由養子繼任。

羅馬英雄凱撒大帝（Gaius Julius Caesar）

董卓突然死去，最驚慌失措的人，會是誰？

什麼？董卓被呂布殺死了？

還能有誰？當然是董卓的將領們。

這是怎麼一回事？

董卓的四個將領十分氣餒，因為接下來他們要遭殃了。

要不要現在加王允好友？

好像被封鎖了？

…

你試過了嗎？

就在大家正打算逃出長安的瞬間，

好膽麥走！

董卓軍隊裡的一名軍師——賈詡，站出來阻止大家。

只要相信小的一次，我會幫大家找出活路的！

活路？難道是集體投降嗎？

不，還有比投降更簡單的方法。

古人有云。

賈詡建議四人幫忙攻打長安。沒多久以前，那裡還是他們的家園。

攻擊就是最好的防禦。而且……

這對他們來說，易如反掌！

長安

張濟

樊稠

對此，呂布也連忙出兵，

可惡！我還要去度蜜月！

呂布

不過，在李傕和郭汜的聲東擊西之下，呂布最終招架不住。

攻擊！

郭汜

呂布

你們這些傢伙！

李傕 撤退！

就這樣，呂布被徹底擊敗後，張濟與樊稠順勢占領長安！

啊！貂蟬～！

張濟，樊稠

長安

最後呂布全面撤退，穿過洛陽，逃向東邊。

可惡！我可是人中呂布！

來不及逃亡的王允，遭到李傕的軍隊處決，

不能保住漢朝，是我最大的遺憾！

漢獻帝落入四人幫*手中，又過著和先前一樣的俘虜人生。

我的命運，大概到死之前都會是這樣……。

*東漢末年群雄之一，被稱為李郭之亂。

那麼，董卓的故事就到此結束了。

啪！

反董卓聯

董卓死後的故事，歷史上稱為「群雄割據」。

群雄割據？什麼意思？

意思就是，英雄們互相爭奪地盤，展開激烈的廝殺與搏鬥！

下一章「群雄割據」見！

三國（噓!）攻略筆記

氾水關（虎牢關）

華雄看守的城門——氾水關，
又名虎牢關。

我會在酒涼掉之前回來！

關羽攻打華雄之前所說的話。

我工作時
不喝酒。

節制！

!!

那傢伙搞什
麼？帥鼠！

馬弓手

關羽攻打華雄時，所擔
任的官職。意思是，騎
馬射箭的一般士兵。

李儒

董卓的軍師。
提出遷都長安的建
議，並下毒害死漢
少帝。董卓死後，
順利活了下來。

殿下，這帖藥
能治心病。

鴆毒

一種名為「鴆」的鳥類，其
羽毛帶有劇毒。在現代，鴆
毒與鴆鳥皆不存在。

為了復興漢室、討伐逆賊董卓，我們要同心協力。

反董卓聯盟的領袖
反董卓聯盟的盟主，由號召眾人的袁紹來擔任。

…

袁術

袁紹同父異母的弟弟。擁有比袁紹更純正的血統，因此打從心底不認同袁紹。

區區一個奴婢的孩子。

竟敢暗算我？去死吧！

袁氏家門

當代第一的名門望族，但整個家族最後被董卓消滅。

袁

三國 攻略筆記

呂布，為什麼不讓我認識你爸爸？

呃，那個……？

呂布的父親是？

除了自己的親生父親，還有并州刺史——丁原，以及董卓。

光是這樣，呂布的父親就有 3 位。

貂蟬的下落？

貂蟬和呂布一起逃出長安後，便行蹤不明。

兒子養了也是白養。

并州刺史丁原

丁原一直對呂布視如己出，但在呂布追隨董卓之後，他便死在了呂布手中。

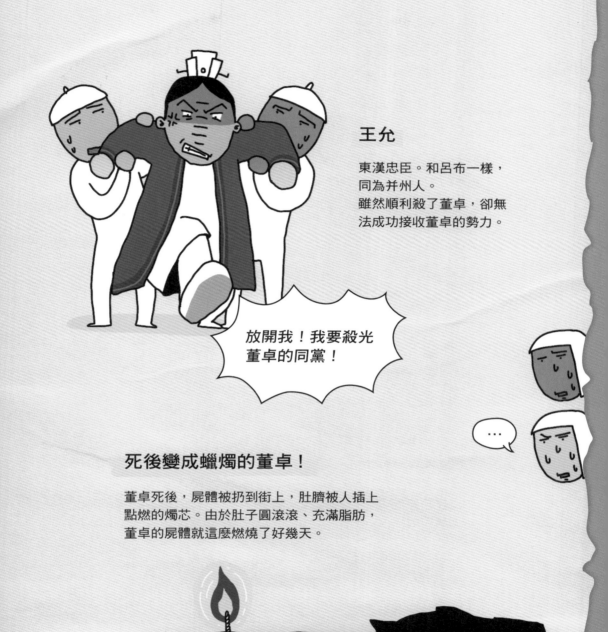

王允

東漢忠臣。和呂布一樣，
同為并州人。
雖然順利殺了董卓，卻無
法成功接收董卓的勢力。

放開我！我要殺光
董卓的同黨！

……

死後變成蠟燭的董卓！

董卓死後，屍體被扔到街上，肚臍被人插上
點燃的燭芯。由於肚子圓滾滾、充滿脂肪，
董卓的屍體就這麼燃燒了好幾天。

第 *3* 章

❋

群雄割據

安安你好，請求支援

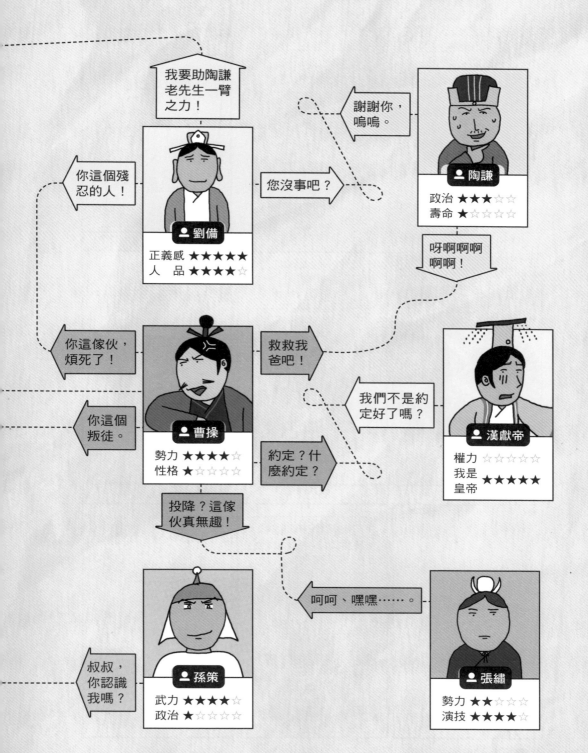

在正式進入故事之前，我要先告訴你一件事。
什麼？剛剛漏掉了什麼嗎？
?
你還記得董卓放火燒了洛陽嗎？
聽說董卓逃走了呢？
當時所有的軍閥大受打擊，嚇得目瞪口呆。
什麼?!
不過，有個人卻把這當成另一個機會。
我需要一個名義，壯大自己的實力。
他就是袁紹。
等等！說到名義，難道是？
大家注意！
哐
在向各位宣布這個決定之前，其實我思考了很久。
喀嚓！
喀嚓！
砰！
砰！
喀嚓！
砰！
砰！
喀嚓！
但董卓燒了我們的家鄉洛陽，這件事不能再拖了！
喀嚓！
哐！
喀嚓！

噔

我，袁紹！不再承認住在長安、實為董卓魁儡的漢靈帝。我要推舉北方的劉虞為帝，盡力效忠他。

!!

噔！

!!!

這裡提到的「劉虞」是誰？

呵～

呵呵

劉虞

劉虞是擁有皇族血統、宅心仁厚的東漢官員，與公孫瓚一同守衛北方領土。

We are the World

正是這樣的劉虞，得到了袁紹的推舉。

為什麼？皇帝不是在長安嗎？

沒錯。也就是說，袁紹不打算承認逆賊董卓冊立的皇帝。

他和逆賊一起丟下首都，所以他不是皇帝！

確實如此，因為現在的皇帝，是董卓一個人的皇帝，

這全是為了國家……。

這正好也成了袁紹用來壯大自身勢力的名義，

也為了我自己。

不過此時出現卻反對的聲浪？

我反對！……咦？你也是？

?!

反對者，就是劉虞的手下公孫瓚和劉虞本人。

你瘋了嗎？劉虞絕對不能當皇帝！

我承擔不起這個重責大任。

咦？他們的說法不一樣？感情不好嗎？

你沒看過！

雖然兩人一起守衛北方領土，但他們對待外族的態度完全相反。

外族也是人（手指愛心）！

你說什麼？當然是要討伐！

尤其是被外族稱為「北方惡鬼」，令人聞風喪膽的將領──公孫瓚。

我可是北方惡鬼公孫瓚。

啊！

要他從此不再和外族打仗？他當然受不了！

書呆子懂什麼？

而現在，劉虞竟然要當皇帝？公孫瓚怎麼能不害怕？

劉虞一旦成為皇帝，我就會失去一切。

NO!

我反對！

後來，在劉虞的再三推辭下，這件事雖然告一段落，但三人的關係卻因此……。

……原來你真的討厭我？

…

NO!

煩死了！劉虞和袁紹實在太可恨了！

而且，要是想抵達中原，就必須經過袁紹的領土，

我遲早要除掉他。

公孫瓚大人！
公孫瓚大人！

不好了！袁紹已經占領冀州了！

田楷

啊啊……袁紹！你的狐狸尾巴終於露出來了！

再這樣下去，袁紹一定會虎視眈眈，立刻下令出兵！

最後，公孫瓚決定帶兵攻打袁紹。

攻打袁紹！

公孫瓚軍隊萬馬奔騰的浩大陣仗，響徹大地。

袁紹在那裡！

哇啊啊阿啊！

!!!

麴義，就是現在！

是，袁紹大人。

麴義
將領

全體～注意！

弓箭手準備，開始射擊!!!

噔 噔！

公孫瓚擁有一批「白馬義從」的精兵部隊。

他們當然是騎著白馬的菁英部隊囉！

而袁紹則識破公孫瓚的兵力，提早布下更強大的投擲武器──強弩。

我可以射得更遠。

強弩

而且為了讓公孫瓚的軍隊卸下心防，袁紹甚至設下陷阱。

那是什麼？我問你那是什麼？！

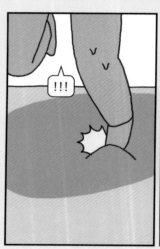

!!!

啊！

倒栽蔥！

是公孫瓚！殺了他！

舉起！

!!!

鏘！

鏘！

啊！

唰！

呃啊！

唰！

將軍，你沒事吧？

……你是！

他就是，公孫瓚軍隊的趙雲。

趙雲揮舞著長槍，袁紹的軍隊完全無法反擊，

咻……咻咻……。

咻
咻
咻

就這樣，公孫瓚撿回了一條命。

謝謝你，以後也請多多指教！

…

謝謝你！不過我準備離開公孫瓚的軍隊！

為什麼？

加入軍隊之後，我發現……

將軍只會讓人心生畏懼，無法讓我心甘情願的追隨他。

所以，我現在要去別的地方了！很抱歉讓你見到我不忠的一面……。

說什麼抱歉！我也和你有一樣的想法。

那麼，我們約好了！下次如果再見面，一定要並肩作戰。

…

當然。劉備大人！

與趙雲交手之後……

為了阻止對外族心狠手辣的公孫瓚，劉虞派出了 10 萬名兵力。

希望這樣能以暴制暴……！

之後，公孫瓚也反過來攻打劉虞。

你，現在立刻叫來 100 名精兵！

什麼？100 名？

公孫瓚只派出 100 名精兵，是因為他早已有所打算。

劉虞，你絕對指揮不了軍隊！

劉虞下令要求軍隊不能對四周造成危害。

全員進攻！但不能傷害其他人，攻擊速度也不能太快。

什麼？

公孫瓚就是看準這一點。

劉虞肯定只下令殺掉我，所以給我放膽殺光他們！

是！

這場戰爭看起來毫無勝算。不過，如果是 10 萬隻蜜蜂對上 100 隻虎頭蜂，情況就不一樣了！

嘻嘻

!!

於是，公孫瓚帶領的百人精兵部隊，擊垮了 10 萬大軍，抓到了劉虞。

一路順風，天真的大老爺。

最後，公孫瓚按計畫處決了劉虞……。

嘿嘿。接下來百姓們就會聽我的話吧？

不要！

怎麼回事？此時以袁紹為中心的周圍勢力，開始攻擊公孫瓚。

公孫瓚，滾出來！

什麼情況？大家為什麼……？

從軍事角度上來看，這或許理所當然。

劉虞聲望極高，足以被推選為皇帝，卻死在公孫瓚手裡！

公孫瓚是魔鬼！

逆賊公孫瓚

這等於給了袁紹一個攻打公孫瓚的理由。

攻擊！為劉虞老先生報仇吧！

這樣一來，不只能建立形象，又能拓展地盤！

在強烈猛攻之下，公孫瓚只好撤退，

袁紹，你這小子倒是借刀殺人！

回到幽州的軍營，從此不再出現。

……

易京城

好，田豐，就按照你說的，慢慢折磨公孫瓚。

是，袁紹大人！

田豐

劉虞老先生，你聽見了嗎？

謝謝你給了我一個攻打公孫瓚的名義。

西元 193 年冬天，袁紹再次出兵攻擊公孫瓚。

大家把公孫瓚拖出來。

嘩～

袁紹持續對公孫瓚發動攻擊，公孫瓚則死守在自己的堡壘易京城。

要不要一起堆雪人啊？

袁紹！滾開！

鼕，鼕鼕，鼕鼕！

砍人或者被砍⋯⋯兩人的拉鋸戰，正式開始。

咚！

咚！

當袁紹因為戰爭忙得不可開交時，曹操又在哪裡，做些什麼？

我很忙，沒時間幫袁紹！

曹操的領地——兗州，位於內陸，因此經常受到周圍軍閥的壓制。但此時的他，正以兗州為中心，擴大自己的地盤。

⋯

曹操

孔伷

陶謙

在這之中，最害怕曹操的人，就是掌管徐州的陶謙。

要是放任不管，他肯定會來搶這塊地！難道他沒有其他弱點嗎？

弱點？對了！曹嵩老先生不是住在這裡嗎？

陶謙

曹操的父親曹嵩，就住在徐州，

老先生，這是我的一點小心意。呵呵呵。

哎呀，何必這麼客氣⋯⋯。

中秋禮盒

這就代表，陶謙只要捉住曹嵩，曹操就無法攻打徐州。

曹嵩

您知道吧？我們想和令公子和平相處。

呼！

為此，陶謙甚至派了專人服侍曹嵩……。

曹嵩大人～♡

張闓
陶謙手下

嗯？

踢

嚇！

？

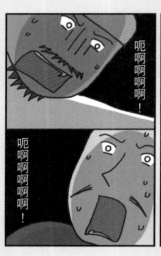

呃啊啊啊啊！

呃啊啊啊啊啊！

但此時，曹嵩被陶謙的手下害死了。

咳！

啊！

陶謙聽到消息時，一切早已無法挽回。

什麼？！曹……曹嵩老先生死了？！

快……快點把張闓找出來！把他交給曹操。

…

人已經不見了！他逃走了！

曹操一得知父親去世的消息，

你說我父親被陶謙的手下害死了？

你說什麼？

荀彧　夏侯惇　陳宮

立刻宣布了一道相當恐怖的命令。

全體進攻！

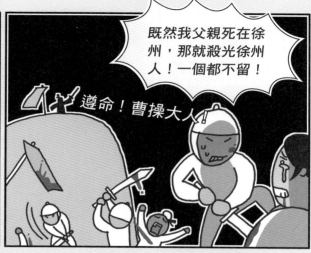

既然我父親死在徐州，那就殺光徐州人！一個都不留！

遵命！曹操大人

於是，曹操侵略徐州。準確來說，是展開一場「徐州大屠殺」！

哈啊～哈啊～

這件事令所有人震驚不已，除了曹操本人。

要不要阻止一下曹操大人？

這樣做對嗎？

……

荀彧　荀攸　陳宮

而這也成為三國志中，家喻戶曉的一椿慘案。

當時的屍體填滿了附近的河川，簡直就是一場大屠殺。

陳壽
正史《三國志》作者

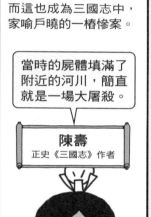

此時，嚇出一身冷汗的陶謙，連忙向周圍的軍閥們求援！

安安你好　請求支援

有個軍閥答應了陶謙的請求……。

這裡就是徐州啊！

前往不斷被曹操侵略，幾乎面臨瓦解的徐州！

嘔！

在這個情況下，站出來與曹操對抗的人，

啪！

就是之前加入公孫瓚旗下的劉備。

曹操大人！現在該停手了！

劉備與曹操的軍隊正面對決，拚命守護徐州。

說什麼鬼話？還不快讓開？

或許是劉備的努力，終於得到了上天的回報，

你說什麼？什麼叛亂！

那個……那是……

就在此時，曹操的大本營兗州發生了叛亂！

這樣的殺人魔不能當我們的主公！大家站起來！

劉備軍隊的支援，再加上大本營發生的叛亂，就算是曹操，大概也束手無策吧？

徐州，我們走著瞧！

曹操大人！趕快！

萬歲！曹操撤兵了！

謝謝你，要是沒有你，我們全都會被殺死。

哎呀，這沒什麼啦！

好，那麼我們先告辭了。

?!

為什麼？這麼快？你就不能留下來嗎？

什麼？但我是公孫瓚旗下的軍隊，況且目前還在跟袁紹打仗……。

抱緊

沒錯！他們雙方正在打仗！萬一曹操再度攻進來，誰來保護我們？

我又來了！我好想你！

來，這附近的小沛城＊給你，拜託你留在這裡。

!!

＊沛縣。

陶謙提出一個出乎意料的建議——拿城池交換劉備。

劉備！
拜託留下來。

此時的劉備，正好打算離開公孫瓚軍隊，需要一塊屬於自己的領地。

哎呀真是的，不用麻煩啦……。

於是，劉備接受了陶謙的提議，從公孫瓚的軍隊獨立出去。

終於邁出了第一步！

劉備

小沛

另一方面，前去平定叛亂的曹操……。

到底是誰？哪個傢伙竟敢反抗我？

是，發起叛亂的是……

陳留太守、張邈大人、呂布，還有……

陳宮大人，總共三個人。

什麼？

這起叛亂的主謀，就是陳宮。他曾和曹操一起逃出洛陽，也是曹操的第一個軍師，

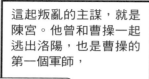

曹操軍隊的資深老鳥！

別這麼說。先來也沒什麼了不起～

荀攸　荀彧

不過，他對曹操的失望，卻比任何人都要強烈。

我終於認清了！你這種人！

抖抖

抖抖

於是，陳宮趁著曹操出兵徐州的期間，發起了叛亂。

請進，歡迎！

而共同參與這次叛亂的人，正是曹操昔日的友人張邈，以及和他同行的呂布！

我們，一起來改變世界吧！

陳宮和張邈說服了兗州人民，得到了不少支持。

！！

呂布則負責對付剩餘的曹操軍隊，

呂布！你這傢伙！

鏘！

而他的對手，就是曹操的將領——夏侯惇。

你閒閒沒事，就只知道背叛嗎？

夏侯惇

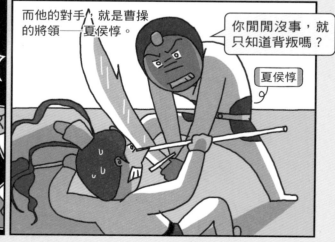

一番激烈廝殺之下，此時空中飛來一支箭。

唰—啊！

啪！

嚇！

射得太準了！

唰啊！

嗖！

噗！

呃啊啊啊啊啊啊啊！

在平定叛亂的過程中，夏侯惇不慎受了傷。

將軍！！

夏侯惇的慘叫，令叛軍的士氣瞬間高漲。

嘩～

換句話說，曹操的軍隊陷入了危機。

叛軍

曹操軍隊

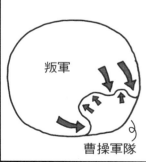

喂！你們這些該死的叛軍！

而此時曹操正好加入戰局，情勢開始出現逆轉。

你們給我站住，不准動！

于禁

典章

曹仁

哎呀，曹操大人，放輕鬆嘛～

曹洪

夏侯淵

樂進

呼～

Power up!

驚慌失措的叛軍只好選擇撤退。

怎麼回事？不是說會成功嗎？！

所以你剛才應該要殺掉夏侯惇才對啊！

陳宮策畫的叛亂，漸漸演變成持久戰，

抓住他！

給我追！

而這段期間，徐州也維持著平靜的日子。

……現在應該不會來了吧？

大哥！現在南方亂成一團了！

很好，希望接下來不會再有人死掉……。

南方不是劉表大人、袁術和孫堅的領土嗎？

沒錯！這次劉表大人和孫堅打起來了！

？

你知道誰在這場戰爭中死掉了嗎？

噔－噔！

！

就是被稱作江東之虎的英雄——孫堅。

喔拉喔拉喔拉喔拉

他加入了袁術的軍隊，成為他的手下。

好舒服，稍微往下一點。

是。

?!

到底為什麼？

理由非常簡單，正是因為袁術姓「袁」。

袁

?

雖然董卓幾乎殺光袁氏家族，但他們依舊是公認的名門望族。

耶嘿！

正好，孫堅也答應將玉璽交給袁術，想藉此壯大自己的勢力。

憤怒

在那之前先忍著吧。

憤怒

於是，袁術利用孫堅來攻擊劉表。

好，去把劉表的地搶過來！

我的地盤……

遵命，袁術大人！

啪

啪

啪

劉表得知消息之後……

啊！該怎麼辦？江東之虎要來了！

劉表大人，請冷靜一點！

襄陽

我來試著阻擋他……。

黃祖

黃祖在孫堅軍隊抵達之前，率先布下了埋伏，

都躲好了？不會被看見吧？

是！

並在孫堅軍隊面前大吼大叫！

孫堅你這個笨蛋……。

孫策

我們已經從這裡逃出去了！你們太弱了，所以爬不上來！

這分明就是挑釁，而且手段相當幼稚。

什麼？笨蛋？我們太弱了？

但是，孫堅大發雷霆。因為從來沒有人敢對他如此挑釁！

吼～

竟敢放狠話，你死定了！

嚇！

孫堅軍隊移動路線

雖然一同出征的兒子孫策，曾試圖阻止，

父親！這好像是陷阱。

沒關係！我會贏的！

但在前方等著的孫堅一群人的，

發射！

正是數不清的石塊和弓箭。

誰知道，其中一顆石頭，

丟！

退後！退後！

就這麼硬生生砸中了孫堅的腦袋！

砰！

父一親！

由於孫堅突如其來的死亡，軍隊連忙撤兵。

襄陽

嚇

孫堅軍隊

嚇

意料之外的勝利，令劉表鬆了一口氣。

幸好！差一點就死了！

呼～

聽說孫堅的軍隊回到了袁術旗下……。

大哥！不好了！

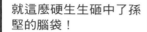

小沛

關羽老弟，又發生什麼事了？

你現在立刻前往下邳（ㄆㄟˊ）城！

陶謙老先生他……快不行了！

嗶……

什麼？！

嗶……

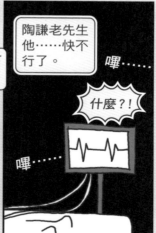

於是，劉備匆匆忙忙的前往陶謙的所在地，下邳城。

劉公，我啊……曾打算放棄一切，從容赴死。希望我死後，曹操能夠停止進攻。

但你阻止了曹操，是你救了我。

不曉得曹操何時會再來，我不想見到徐州毀在曹操手裡。

所以，我要拜託你最後一件事。

在我死後，請替我守住徐州，嗚嗚嗚……。

!!!

陶謙臨終的託付，就是希望劉備接下徐州牧*！

當時的中國地圖

徐州

上海

＊牧為管理人民之意。

這和僅僅擁有一座小沛城，根本無法相提並論！劉備的未來一片光明！

…

搞什麼？大哥，我們的苦日子要結束了呀～

嘀咕

好日子要開始了？

嘀咕

抱歉，我認為這樣不行。

但此時，劉備拒絕了徐州牧的職位，反倒提議將徐州託付給袁術。

請你把徐州託付給袁術吧！

他出身名門，博學多聞，肯定比我更有能力治理徐州。

劉備的建議，反而令徐州百姓不知所措。在他們眼裡，袁術和曹操都是一樣的人。

好了！我們會好好追隨你，你就接受吧！

麋竺

最後，劉備在眾人支持下，順利當上徐州牧。

不靠力量、靠人品！這才是最重要的！

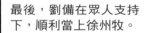

劉備

徐州

消息傳開之後，最生氣的人會是誰？

嗯……曹操？

沒錯。自己費盡心力也無法占領的徐州，劉備竟然不費一兵一卒就到手了。

劉備！你這傢伙！

立刻帶兵攻打徐州！快點！

不行！叛亂不是還沒平定嗎？

荀彧！反正叛亂馬上就能平息了，為什麼要阻止我？

聽說張邈向袁術討救兵了！

!?

在事情變得更嚴重之前，必須先平定叛亂才行！

假如就像荀彧所說，一旦張邈和袁術聯手，這場叛亂說不定會沒完沒了？那可不行！

你們兩個！

於是，曹操決定拋棄友情，下令發動攻擊。

殺了張邈吧！

在曹操一連串追擊下，張邈無力抵抗，最終失去了性命。

!!

然而，奪走他性命的人，不是曹操的士兵，而是背叛自己的手下。

你……你們！

抱歉，張邈大人，把您獻給曹操，我們就能活命了！

嚇……！

因此，陳宮策畫的這場叛亂，以失敗告終。

喂，怎麼辦？再這樣下去，我們死定了！

嗚……張邈大人。

我不知道啦。到處都是敵人，我們還能去哪？

是嗎？那不如去劉備那吧？

嗚嗚

嗚嗚

什麼，你這臭小子？為什麼要去那裡？！

既然都是敵人，當然得找好欺負的人呀！

別怕，我可是人中呂布！

終於，呂布與陳宮來到了劉備的所在地徐州。

耶嘿！

面對這兩位不速之客，劉備十分不知所措，

什麼客人？他們明明就是叛徒！

不能接受他們。我們現在還打不贏曹操。

…

想接受，又擔心遭到背叛；要是不接受，呂布肯定不會善罷干休。

你要接受我嗎？我會背叛你！

你不接受我嗎？那就吃我一拳！

VS

但是，劉備是什麼人？不就是比任何人都更珍惜人才嗎？

來。笑一個，1～2～3！

最後，劉備接受呂布，甚至給了他一座城。

喀嚓

劉備與呂布結為同夥的消息，簡直令曹操火冒三丈。

什麼？劉備接受了呂布？真的嗎？

劉備為什麼要接受？他是故意要氣死我？！

請您冷靜一點。

不過此時，發生了一件對曹操來說，非常重大的事。

荀彧！馬上組好軍隊！我這次一定要拿下徐州！

不是叫你冷靜了嗎？你不是說最近常常頭痛嗎？

…

〈西元 195 年，長安〉

陛下，昨晚睡得好嗎？

……陛下？

漢獻帝與臣子們一起逃出了長安！

開快一點！在李催和郭汜他們追上來之前！

陛下?！陛下!！！

嚇，怎麼會這樣？

我之前說過，呂布逃跑後，漢獻帝被誰抓走？

就是我們

郭汜

樊稠

張濟

李催

不過話說回來，一張王位坐了四個人，難免有些擁擠對吧？

我叫你滾開。

你們給我讓開。

該滾的人是你。

你們算什麼朋友！

很快的，四人幫之間互相打了起來！

嚇！嚇！

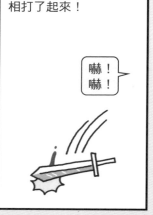

於是鬥爭越演越烈，甚至連樊稠都賠上性命。

早知如此……？

其他三個人，也因為這件事，徹底搞砸了過去建立的友情。

這是個好機會！

咦？機會？
誰的機會？

安靜！這件
事是機密！

終於逮到機會的人，就
是漢獻帝。也就是之前
被四人幫綁架的皇帝。

我應該能趁
機逃出去！

獻帝趁著三個人內鬨，
和臣子們一起逃出了長
安城！

長安

活下來的三個人會怎麼做？當然得想辦法把
皇帝抓回來！

陛下！別跑！乖
乖待在這裡！

什麼？你說陛
下逃走了？

給我……回來！

但就在此時，有個人擋
住了三人幫的去路。

等等！
停一下！

這個人，就是曹操！多
虧曹操及時趕到，

您違反了
規則，此
路不通！

獻帝才能成功逃出長安
城。

終於自由啦！

什麼？

不過事實上，綁匪只不過是從三人幫變成曹操罷了……。

陛下剛剛說什麼自由？

這起事件十分重要，因為曹操就此掌握了干涉軍閥的權力。

看到沒？我可是皇帝的守護者！

所以，別想反抗我。好好接受我賜予的官位，知道嗎？

成功了！現在中原的領土都在曹操大人手裡了！

有必要這麼高興嗎？

我們不如再去攻打徐州如何？

不！根本沒有必要！

嗯？不進攻，怎麼把地盤搶過來？

現在，陛下不是由我們來保護嗎？

嗖～

告訴劉備，現在立刻出兵討伐呂布與袁術！這是聖旨！

「討伐呂布與袁術！」一道皇帝詔書，就這麼出現在劉備眼前！

喂！我可是皇帝！去攻打呂布！知道嗎？

不過，劉備立刻就發現，寫下詔書的人是曹操，

起碼變聲一下吧！

他將詔書內容告訴呂布，並與呂布訂下友好盟約。

看到了吧？
我的選擇。

哎呀～謝謝你，老弟～嗚嗚

在那之後，曹操又下了一道詔書。

我說了，袁術正打算要造反，趕快把他抓起來來來來！

萬一這次再拒絕出兵，肯定會被當成叛軍。於是劉備陷入苦惱。

我和關羽一旦出發，這裡就只剩下張飛了……。

擁有天下無雙的將領張飛，有什麼可擔心？

老闆娘～再來一碗米酒！

正是因為張飛生性好酒，劉備擔心他會疏忽了守衛城池的任務，

張飛大人，該去巡邏了……。

再喝一杯，我再喝一杯就好～

但是聖旨無法違抗第二次。最終，與張飛約法三章後，劉備便出發前去討伐袁術。

老弟～你知道吧？不要喝酒！

我知道～一路順風～

走了吧？

是，看不見人影了。

人類的本性不就是，別人越不讓你做，越是想做嗎？

人類的欲望沒有盡頭，

同樣的錯誤會一犯再犯。

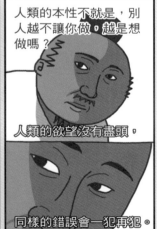

就這樣，張飛儘管不斷克制喝酒的欲望，最終黃湯下肚。

我受不了了！

啪！

喝了酒的張飛，甚至連原先在陶謙旗下，後來加入劉備軍隊的將領——曹豹，也照打不誤。

今天我要好好教訓你！

曹豹

我受夠天天被那傢伙毆打的日子了！要是有人能替我解決他……。

最先聽見曹豹心聲的人，就是陳宮。

喔～這樣啊？

於是，陳宮主動聯繫曹豹，煽動他反叛劉備的軍隊。

你認識我吧？我是陳宮。

?

算了。我會把呂布帶來，

你幫我開門，

這樣一來，呂布就能殺掉張飛了。

真假？

最後，曹豹替呂布的軍隊打開了城門，

張飛回過神來才發現苗頭不對，好不容易在性命垂危時，順利脫逃。

…

呂布果然背叛了劉備。

!!

…

我和大哥不是說了好幾次嗎？叫你不要喝酒！

是……對不起。

可是，那個……袁術抓到了嗎？

沒抓到！所以我才回來！你高興了吧？

放開我。

大哥！請息怒……。

最後，劉備向呂布的軍隊投降。

呂布大哥～我是你的劉備老弟～

另一邊，剛和劉備打完一仗的袁術，

什麼？呂布接受了劉備的投降？

我看起來很好欺負嗎？竟敢收留攻擊我的傢伙？

則命令孫堅的兒子孫策帶兵出征。

孫策！我把你父親的軍隊交給你，去把其他地盤搶過來！

是，我明白了！

孫策

在袁術的命令下，孫策決定攻占中原南方，也就是江東一帶。

袁術

劉表

孫策

Here!

為什麼袁術要派孫策出征？原因很簡單。

好，那麼……。

用力！

因為孫策就像他的父親孫堅一樣，十分擅長打仗。

王朗

嚴白虎

劉繇

通通讓開！小霸王來了！

許貢

啪！

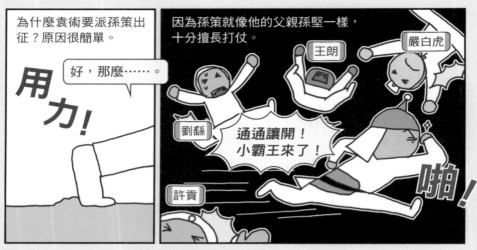

他打了一場又一場的勝仗，占領了一塊又一塊的領土，多麼威風！

或許正因如此，袁術漸漸開始目中無人……。

孫策～！這個你看過了嗎？

什麼？這怎麼回事？

你得做決定，否則……。

西元 197 年，袁術宣布自己成為皇帝，建立了名為「仲」的國家！仲家的第一位皇帝，就此誕生！

袁術

劉備

呂布

曹操

孫策

劉焉

劉表

眾人又是如何看待任命自己為皇帝的袁術？

袁公路
為何那樣

＊袁術的另一個名字。

除了袁術身邊的人，所有軍閥都無法理解。

為什麼？

為什麼？

為什麼？

因為，這分明就是造反。

雖然我姓袁，但玉璽被我偷來了！所以我是皇帝！

什麼？

於是，袁術因為這件事情被眾人孤立，

洛陽特報
目擊袁術親信

Q：你為了完成父親的遺願才追隨袁術嗎？
A：吼！我說我已經自立門戶了。不要拍了！

甚至連袁術以前的手下孫策都宣布獨立了！

喂！你要去哪？！

我不跟逆賊一起工作～

最終，袁術變得孤立無援。但他並不氣餒，他決定從呂布下手……。

呂布！陛下命令你把劉備交出來！否則就發動戰爭！

紀靈
袁術將領

你看吧！劉備不能留！殺了他吧？！

嗯……

但不管怎麼說，劉備都是我弟弟？

弟什麼弟！這麼說，你一定要和袁術打仗囉？

對了！來人啊！把我的弓箭拿過來！

？

呂布一同叫上袁術的軍隊和劉備。

就用這個決定吧！

？

？

看到那邊的長矛了嗎？要是我能射中頂端，就不打仗！

哎呀～認真？

等等……你說射中那個？！

命中就能活下來，否則就得死！此時劉備心急如焚！

劉備，你已經走投無路了！

不管呂布大人的武功有多麼高強，絕對不可能射中。

咚！

鏘～

命中了！對吧？

打中了耶？

當然得把他送回去

該怎麼處置他？

那是一定要的。

都來了，不如請他吃飯？

老弟，我是大哥啊。

真神奇！

喔～

…

於是，袁術的軍隊無功而返！

請……息怒！我還準備了另一個計畫。

就是這個！

這不是結婚戒指嗎？

沒錯！就是讓您的公子袁耀和呂布的女兒結婚。

你的兒子要和我女兒結婚？

當然囉，親家公！

好！這樣一來，不僅能拿下徐州，說不定還能進軍中原！

是！

然而，抱持著這種想法的人，不只袁術。

我們必須和袁術合作才行！

為什麼要和那個討厭鬼合作？

他就算再怎麼討人厭，也是目前唯一能和我們合作的人！

我也知道他是個討厭鬼。

曹操就在我們旁邊，而北方有袁紹的勢力，不是嗎？在他們注意到我們之前，必須先把力量團結起來！

看什麼看？

搞什麼啊？

…

…

好，我知道了。這次就聽你的。

OK

袁術的將領紀靈，以及呂布的軍師陳宮，開始籌辦起婚禮。

袁呂 耀氏

你瘋了嗎？

完了，看來真的得結婚了。

然而，就在兩方軍閥即將舉辦結婚典禮前夕！

等等，呂布那小子這樣不就能繼續治理徐州了嗎？

比任何人都珍惜徐州這片土地的富豪——陳珪和陳登，站出來阻止這一切。

絕對不行！

陳珪　陳登

陳珪和陳登刻意介入兩人之間，讓兩人分開，

並對呂布強調說：「袁術是逆賊」。

皇帝還在位，袁術竟然自稱皇帝，這不就是逆賊嗎？

……確實如此。

一而再，再而三的不斷洗腦。

如果你和袁術結為親家，這樣一來，我們也會被當成逆賊！而且，袁術一直對徐州虎視眈眈，你不也知道嗎？

我們很擔心，所以才這麼說。

沒……沒錯。

最後，兩人成功說服呂布，婚禮就此取消了。

說取消就取消，這下子，我們和袁術的關係全毀了！

糟糕　糟糕

結婚典禮變得一塌糊塗，而此時的呂布領悟了一個道理。

女兒結婚那天，我本來還打算穿這件……。

那就是，亂世之中沒有真正的朋友。

我決定了！我再也不相信任何人了！所有人都去打劉備吧！

！

早已有所防範的劉備，再次棄城而逃。

因為對手是呂布，所以我才能提早準備。

嘖嘖嘖……

現在，他真的再也沒有地方可去了！
最終，劉備向曹操投降。

那個……

曹操大人在家嗎？嗚嗚～

！

在這樣的情況下，曹操有什麼反應？

應該會馬上殺了他吧？

不，曹操反而相當厚待劉備。

Wel come!

咦？

這樣一來，日後才能更名正言順的占領徐州。

劉備×，侵略徐州＝再次上演徐州大屠殺

劉備○，侵略徐州＝討伐呂布

否則，我就會和公孫瓚一樣～

原來如此～

而且對曹操來說，更加急迫的是，

咳咳！

宛

在曹操和劉表的軍隊之中，出現了另一支軍閥——張繡。

叔叔……。

張繡

當然，你可能會認為，既然連皇帝都掌握了，還有什麼能讓曹操坐立不安？

咦？他現在……。

原因就在於，張繡的所在位置宛城，特別靠近曹操的軍隊，尤其是皇帝的所在地。

你好～我馬上就會進攻了～

噢……好的？

宛　　　許都

最終，為了消除內心的不安，曹操率先出兵，發動攻擊。

飄揚～

白旗

？

不過對方竟突然投降，甚至準備了宴席？

父親，情況好像有點奇怪？

曹昂

對此，曹操雖然也十分懷疑，

來，曹操大人！讓我來為你介紹。

但一見到張繡的嬸嬸，也就是張濟死後留下的妻子鄒夫人，曹操立刻被折服。

等等，說到張濟……？

沒錯。他就是和李傕、郭汜一起待在長安的三人幫之一！

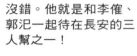

伊呀喔～

張濟

郭汜

李傕

張繡作為張濟的姪子，在張濟死後，繼承了他的軍隊。

你要好好照顧我妻子，知道嗎？

……

就在此時，張繡遇到了一個人。

他就是曾經利用長安四人幫，順利打敗呂布的機智軍師——賈詡！

在曹操抵達這裡之前……

必須向曹操投降！

那一切不就結束了嗎？

而且，必須準備宴席招待他們！

賈詡

擺在眼前的，是一頓豐盛可口的佳餚。

！

沒錯，這一切都是賈詡的計謀。

如果正面對決毫無勝算，就只能暗殺！

一無所知的曹操，沉浸在鄒夫人和美酒的誘惑之中，毫無防備。

鄒夫人，我好像愛上妳了？

什麼？！

只有兒子曹昂、將領典韋，小心翼翼的保護著曹操。

……

將軍，這……。

但是，從曹操踏入長安的那一刻起，就已經落入了圈套！

殺了曹操！

張繡的軍隊趁著曹操熟睡，發動突襲！場面陷入極度的混亂。

父親！這是陷阱！快逃走吧！

曹昂！

曹操在曹昂和典韋的幫助下，好不容易撿回一條命，

昂兒，你有好好跟在我後面嗎？

是！

但曹昂和典韋二人，最終卻無法跟上曹操。

所以……不要回頭，趕快走！

靠犧牲兒子和將領，曹操好不容易活了下來！

你還是人嗎？

但是，天下有哪個妻子能原諒犧牲子女，獨自一人活著回來的丈夫。

鄒夫人就那麼美？美到讓你拋下孩子？你現在滿意了嗎？！

丁夫人

！

我絕不會原諒你！我們到此為止！

我要跟你離婚！

哇～還真令人失望！

嗯，自作自受吧！

接著，曹操受到眾人的指責，說他喪盡天良。

呂伯奢事件！

徐州大屠殺

宛城之戰

不過，曹操也得到了不少讚美，最起碼他的能力相當優秀。

他很會處理事情，不是嗎？

沒錯，而且做人不虛偽。

他是軍閥中最強的，還需要解釋嗎？

好與壞就留給大家來判斷吧！

互相討論、分享意見，也是三國志的魅力之一！

我喜歡劉備！

我討厭劉備！

總之，曹操在千鈞一髮之際，好不容易從宛城逃出來。

曹操竟然就這麼輸了！

不過，卻有人伺機……。

等等，要是利用這次機會……。

呂布心想：

現在袁術已成為漢朝的逆賊，要是我出兵討伐袁術，曹操或許會給我一些獎勵？

於是，呂布抱持著這樣的心態與曹操聯手！

曹操與呂布

VS.

袁術

怎麼回事？

呂布的決定，果然令陳宮氣得直跳腳！

不能相信曹操！

那個人肯定會過河拆橋！

才不會！曹操說要給我官位！

這話你也信？

最終，呂布與曹操聯合起來，攻打袁術。

曹操與呂布

袁術

啊！

束手無策的袁術，只能倉皇逃跑。在那之後，袁術的勢力一落千丈。

為什麼大家都要逼死我？為什麼？

沒過多久，陳宮擔心的事情果然發生了。

謝了！不過我的軍營裡，有不少人厭惡你呢！

曹操背叛了呂布，反過來攻打他。

孩子們說你是逆賊。所以，讓我來討伐你吧？

？

然而，就算是呂布，也無法對抗曹操的軍隊。

曹操

呂布

西元199年2月，呂布和陳宮順利落網，被帶到曹操面前。

…

張遼
呂布將領

我不想死……我不想死啊……。

！

喂～！劉備老弟！

！

是我，呂布！你以前都叫我大哥！你走了以後，我很難過，沒想到你竟然和曹操越走越近？你有考慮過我的感受嗎？

好！我原諒你！我身為大哥當然得忍耐。但是，你能不能跟曹操說一些我的好話？

！

搞什麼？你們是兄弟？劉備，你不解釋一下嗎？

曹操當面質問劉備。要是劉備無法給出令其滿意的答案，說不定連他也會一併處置。

…

不過此時劉備平心靜氣的開口。

曹操大人……。

呂布以前追隨的董卓，您還記得他的下場嗎？

當然！我當然記得董卓是遭到誰的背叛才丟了性命。

什麼？

把他帶走！立刻處決！

是！

呃啊！

你這個該死的大耳垂！！！

死到臨頭原來呂布也不算什麼嘛！

...

好，來結束這一切吧？

！

呃啊啊啊啊！我不想死！

您還在猶豫什麼？快把我殺了，以正軍法。

！

區區一個叛徒，有什麼了不起！少在那邊假清高！

難道你的家人、女兒因你而死，你也是這樣嘴硬嗎？馬上向我求饒！快說你錯了，只要我放過你，你願意做牛做馬！

嘻嘻～

既然家人的性命，都握在曹操大人手裡，我只能相信您的寬宏大量……。

！

別這樣陳宮……。

曹操大人，我這個叛徒就先走一步了！

曹操的第一個軍師陳宮，就這麼死去了。

有點悲傷。

然而就在曹操處決呂布和陳宮的當下，北方那座……

公孫瓚賴以為生的「易京城」倒塌了！

那裡！公孫瓚在那裡！

嘎吱嘎吱！

什麼聲音？

就算城池再怎麼堅固，也無法支撐長達 5 年的戰爭。

好！與其被袁紹抓走，受盡各種侮辱……。

最後，公孫瓚親手殺了自己的家人，在易京城最高的樓臺——易京樓，引火自焚。

劈劈啪啪～

我要變成惡鬼，永遠留在歷史中！

於是，袁紹藉此併吞公孫瓚位於幽州的地盤。

勝者全拿！天經地義！

天下無敵的最強軍閥，就此誕生。

好，那麼現在要不要往南走呢？

什麼？！你說袁紹出兵了？

公孫瓚真蠢！怎麼不再多撐一下！

該怎麼辦？敵軍的數量太龐大了！

袁紹執意往南方進攻，然而位在南方的曹操怎麼可能接受？

密密

麻麻

袁紹陣營

黃河

呃啊！

曹操陣營

對此，曹操軍隊提出了一個幾乎所有人都認同的共識。

我們輸定了！

目前袁紹的軍隊比我們多 10 倍，不能發動戰爭！

嗯……。

袁紹說，他會多給我們一些官位，對吧？

所有人一致反對與袁紹軍隊正面交戰，

哎呀～大家太誇張了吧？

只有曹操軍隊裡的軍師郭嘉，舉雙手贊成。

我還以為袁紹有多厲害呢！

郭嘉

郭嘉提出了他的主張。

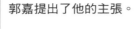

來，讓我來舉出 10 個出兵的理由！

第一，論「道」！
袁紹只注重繁文縟節，而主公您絲毫不拘束。

嗶嗶―

嗶嗶―

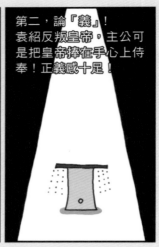

第二，論『義』！
袁紹反叛皇帝，主公可是把皇帝捧在手心上侍奉！正義感十足！

第三，論「治」！
比起袁紹假裝寬容，實際上卻隨便治理領土，主公當然更優秀！

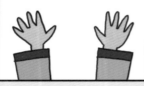

第四，論「度」！
袁紹用人重視血緣，主公則看重才能！

人就得靠專長活下去！

第五，論「謀」！
袁紹做事猶豫不決，完全比不上行動力 100 分的主公。

哇～！

哇～！

今天午餐吃自助餐吃到飽！跟我來～！

第六，論「德」！
袁紹為了自身名譽，只重視華而不實的禮節，而主公重視內涵，以真誠待人！

第七，論「仁」！
袁紹對百姓的苦難視而不見，主公您不一樣。

聽說是那樣。

是嗎？

看來好像是。

第八，論「明」！
袁紹部下互相殘殺，這裡卻十分和諧？

笑嘻嘻～

笑嘻嘻～

我有話要對你說！

唉唷唷！

130　上課想偷看的三國志 1

第九，論「文」！
袁紹三心二意、不分是非，但主公賞罰分明。

給我聽好了！我的披薩要是出現鳳梨，你們就死定了。

果 斷

小心說話！

記住了！

第十，論「武」！
袁紹只看數字，虛張聲勢，在指揮能力 100 分的主公大人面前，他們只是一群紙娃娃。

所以我們沒有理由會輸，不是嗎？

好了～夠了～

我才沒有很開心呢！

郭嘉的一番話，令曹操十分滿意。於是，曹操採用了郭嘉的建議，準備出兵！

很好！反正都要打了，乾脆打個夠吧！

就這樣，袁紹和曹操這兩個曾經不分你我的昔日戰友，都意識到這場無可避免的戰爭，即將展開……。

走吧！去見我的朋友，阿瞞＊！

咚！

咚！

咚！

＊曹操的小名。

很好！一切才正要開始！

不過，在介紹他們的戰爭之前，我們必須先向一個人道別。

哈啊……

哈啊……

那就是，仲家皇帝袁術！

陛下！

陛下！

哐！

被曹操打敗之後，袁術的軍隊越來越貧困。

來人……給我一碗蜂蜜水……。

最後，袁術在手下和百姓的冷眼旁觀下，一陣叫嚷之後，倒在泥地上，氣絕而亡！

陛下！

好，奴婢的孩子，不對，我該去找哥哥了……。

陛下！

然而，就連曾經兄弟一場的袁紹，也沒有留下一滴淚。

就算那傢伙叫我一聲大哥也沒用。

不過，得知消息的孫策反而十分高興！

很好！這樣一來！

這是個消滅袁術殘餘黨羽的大好機會。

去收拾他們吧！

好啊！

孫策

周瑜

太史慈

接著，孫策決定帶兵攻打宛城，

不留後患！

猛然！

哎呀！好刺眼！

閃耀！

怎麼回事？

這光芒是怎麼回事？

卻在這裡意外發現兩個美女？

姐姐，我好害怕。

沒事，做好心理準備！

大喬

小喬

她們就是當時最美的女人——大喬和小喬！

姐姐，妳要吃我的辣豬腳嗎？

竟然敢直呼「妳」？

我剛剛不是叫姐姐了嗎？

孫策和周瑜一見到這對佳人，立刻墜入愛河。

這家的姑娘真美麗……

再加上兩人都是出身名門世家的公子，

雖然第一次見面這麼做有些失禮……。

孫策和周瑜立刻向她們求婚。

找到了！

我的愛！

哇～進展太快了吧？

孫策彷彿擁有了全世界——領土、妻子，甚至是光明的未來。

什麼？沒有發給我喜帖就結婚了？

哇，搶了一些地盤就不知分寸，翅膀硬了是吧？孫策～

錢都給了……

大概就是從這個時候開始，曹操開始對孫策百般阻撓。

我先收拾袁紹再說！你這個乳臭未乾的小子。

哼！

就用地圖來了解一下目前的情況吧！

當時曹操正準備與龐大軍力的袁紹決一死戰。

在這情況之下，沒有理由拒絕要加入的人，

謝謝你，支持我！

這樣一來，還能拿下張繡大本營——宛城，確保皇帝的安全。

……

就這樣，曹操一步一步的做足準備，

你來啦？

以迎接和昔日老友，徹底變成死對頭的那一天！

有點晚了呢？

歷史上著名的「官渡之戰」，相關介紹就留到下一章！

官渡大戰

故事正精彩，你一定要在這種時候賣關子嗎？

三國 ^{噓!} 攻略筆記

北方惡鬼

公孫瓚靠武力平定了北方的勢力，因此被冠上這個稱號。

……好，你去幫陶謙吧！

謝謝你的成全。

劉備在公孫瓚的軍隊？

公孫瓚和劉備的師傅是同一個人（盧植）。反董卓聯盟瓦解後，公孫瓚收留了無處可去的劉備。

你才不要跟著我死！

不要跟著我死！

李傕和郭汜的下場

兩人不小心放走獻帝之後，在長安附近當小偷，最後死在曹操手裡。

真是的,當初應該像我的弟弟一樣心狠手辣才對⋯⋯。

別這麼說,不是還有我陳宮嗎?

張邈

曹操與袁紹的好友。由於性格和善,袁紹也曾把他當成親哥哥看待。

陳宮的影響力

曹操能以兗州作為大本營,或許和陳宮出身兗州有關。

張濟

張繡的叔叔,也是和李傕、郭汜一起享有權力的將領。失去獻帝之後,當了一陣子的小偷,最終身亡。

不過在死之前,我還是娶到老婆了~!

三國 嘘！攻略筆記

好刺激啊！還是小鮮肉、花美男最香！

周瑜

孫策的好友，同時也是一名戰略家。

出身名門世家，不僅外貌、性格好，武藝、戰術，也樣樣精通。

因為長相特別出眾，甚至擁有「美周郎」（美麗的周姓青年）的外號。

曹操與丁夫人

雖然曹昂並非丁夫人的親生兒子，但曹昂的過世，讓丁夫人對曹操失望至極，再也不願見到他。曹操對於兒子的死也相當後悔。

夏侯惇的自卑感

夏侯惇和呂布對決時，不小心弄瞎了左眼，這是他人生中最大的自卑。

審配

（袁紹帳下謀臣）

易京樓

公孫瓚親手建立的堡壘。袁紹的軍隊利用地道攻破城牆之後，易京樓才終於塌陷。（袁紹挖了 4 年的地道，也相當了不起……。）

擊垮呂布的河水

呂布退守下邳，不願出城，於是荀彧引附近的河水，讓水淹進城裡。
最後，被呂布的部下抓住，只好向曹操投降。

第 *4* 章

官渡之戰 ①

昨日好友，今日死對頭

人物關係圖

暫時讓時間倒流，回到不久前的許都吧？

許都

許都是曹操陣營首都，也是皇帝的所在地。

陛下，我來跟您請安。

昨晚睡得好嗎？

而劉備⋯⋯也在這裡。

你問我呂布都死了，為什麼劉備還待在這裡？

我也不願意啊！但是皇帝不是還在他們手裡嗎？

?

想了解原因，就必須先搞清楚，漢獻帝究竟如何看待劉備。

⋯

對皇帝來說，劉備是？

雖然皇帝逃出長安已經3年，但依舊活在曹操的控制之下。

陛下，電池幫您換新了！很棒吧？

⋯

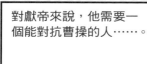

對獻帝來說，他需要一個能對抗曹操的人⋯⋯。

陛下！我也有漢朝皇室的血統。

此時，符合所有條件的劉備，就出現在許都！

雖然稱不上尊貴，但身為皇室的一員，我會守住漢朝。

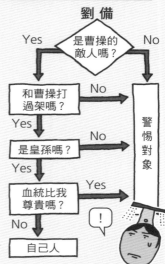

劉備

是曹操的敵人嗎？

Yes　　　No

和曹操打過架嗎？　　No

Yes

是皇孫嗎？　　No

Yes

血統比我尊貴嗎？　　Yes

No

警惕對象

!

自己人

對獻帝而言，絕對不能錯過這次機會！於是，皇帝……

我睡得很好，一覺到天亮！

叔父大人，您昨晚睡得好嗎？

我這個姪兒，實在太想念叔父大人了！

???

?!

噔

噔！

在眾人面前，稱呼劉備「皇叔」，也就是皇帝的叔父。

您得到了「皇叔」的稱號

喔～得到外號了！

這是獻帝的最佳選擇。這樣一來，曹操自然無法招惹獻帝和劉備，

我是皇叔！

獻帝等同於得到了劉備這支軍隊。

去吧！

此時，曹操陣營……

中計了！

可惡。劉備！

震驚

現在我連劉備都要服侍？不可能！

曹操大人，出事了！

?

南方的孫策正朝著北方前進！

曹操！你這個騙子！

孫策，也就是孫堅的兒子，現在已成了稱霸江東地區的男子漢。

身體不好　腦袋易老

孫

不過，要是他的耐心也能和他的力氣及領導力一樣優秀就好了……。

周瑜，我向曹操要了一個官位。

嗯？

現在江東還有哪個傢伙比我更厲害？連皇室都得承認。

孫策

所以，你要了什麼官位？

周瑜

一個小小的大將軍？

噗～呼！

你瘋啦？你算哪根蔥，曹操為什麼要讓你當大將軍？！

大‧將軍　大將軍

發音

國語辭典

名詞

軍隊的總司令，負責掌管國家全體的國防安全，也是軍人當中的最高職位。

那又怎樣？我只是先問問！

咦？剛好回LINE了。

該不會真的要給吧？

嘀鈴～♪

曹操哥

我幾乎已經拿下整個江東了！你能不能讓我當大將軍？

嗯。

謝謝你。

不行。

？

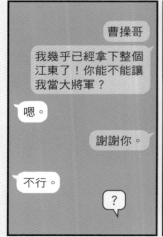

早知如此，當初幹麼要問？丟臉丟到家了！

哈哈哈哈
哈哈哈哈哈
哈哈哈哈
哈哈
哈哈哈

全體人員！準備出兵！我們去偷襲曹操。

啊？

於是，為了拿下曹操，孫策軍隊開始出動。

曹操！我跟你勢不兩立！

?

曹操得知消息後，簡直哭笑不得……。

真的嗎……為了這種事出兵？

是……聽說是這樣。

這種小事也要報告？你自己想辦法！他行事衝動，應該也不難對付！

呃啊！

轟隆

唉呀？下雨了？今天乾脆在家喝酒吧！

剎那間，曹操腦海中浮出一個念頭！

等等！酒？

喂！離開之前，去告訴劉、皇、叔，請他來我家喝酒。

什麼？為什麼要請他來喝酒？

沒什麼……只是因為下雨，突然想起劉皇叔！

…

咻一啊！

我正好也想喝酒呢！謝謝你。

不過話說回來，下雨……就像天空在哭泣一樣。

…

劉皇叔，你相信龍嗎？

什麼？龍嗎？

沒錯！龍！就是飛在空中，向下俯瞰大地的龍！

雖然掌管雨和雲的龍，能降下甘霖，撫慰老百姓的心，但當雷擊落下時，也會讓人心生恐懼。

吼喔喔喔喔喔喔喔喔喔喔喔喔

哈哈……真有趣！

…

那麼，你覺得在我們之中，誰能成為那隻龍？

什麼？

別裝傻了！你分明知道我的意思。

你說說看吧！

轟隆

嗙

嗙！

應該是袁紹吧？畢竟那麼大的河北地區，現在都是他的地盤。

呼！

哈哈！沒錯！雖然他是我的朋友，但那傢伙確實了不起！

憤怒！

不過，那傢伙愛面子，又毫無內涵。在關鍵時刻，不敢放手一博，稱不上英雄。

頭盔一點也不帥！我不戴！

男人靠　髮型！

嗯，那麼袁術如何？

袁術擁有純正血統，為人瀟灑風流……。

純正血統能幹麼？袁術不就是只在乎血統，才會變成這副德性嗎？

袁術－袁 = 0

那孫堅的兒子孫策，你見過那小子嗎？

劉皇叔！我也想被當作英雄！我才不是只會鬧脾氣的小屁孩！

那……在荊州的劉表老先生……？

話要說清楚！是只有荊州的劉表。井底之蛙算什麼英雄。

我是皇帝，呱呱！

荊州

那……劉璋、韓遂、馬騰、張魯……？

好了！連那些傢伙也一起算上，根本沒完沒了！夠了！

…

你還不明白嗎？現在這個時代的英雄，

只有你跟我兩個人而已？

噔

噔！

什麼？

就在此時！

轟隆

什麼意思……。

啊！

你怎麼了？為什麼身體突然……？

呃呃……。

我怕打雷～雷聲轟隆隆的，太大聲了！怕爆～

此時的曹操一臉不知所措，不知道該如何看待被閃電嚇得渾身發抖的劉備。

只有我一個人在提防這種傢伙？

不過可以確定的是，劉備發自內心感到恐懼，全身不停的顫抖。

拜託……放過我吧！

不管是閃電

還是曹操

劉皇叔！抱歉！早知如此，我就不叫你來喝酒了。

來，起來吧。不知道的人還以為……。

曹操－！

你想對我們大哥做什麼……？

哐噹噹！

此時，關羽和張飛闖入了酒席！他們以為曹操正準備殺了劉備，

你們這些傢伙……該不會擔心我殺了劉備吧？

不是，那個……。

但事實卻不是如此。於是，兩個人連忙編了一個理由，謊稱前來表演劍舞。

兩個人喝酒不無聊嗎？不如來一點表演吧……？

跳起來！

然而曹操也不是傻子，他認為這場酒席沒有要再繼續下去。

你以為這是鴻門宴嗎？酒正好也喝完了，把你們大哥帶出去吧！

抱歉……。

這件事情讓曹操對劉備放下了戒心，但劉備卻反而更加畏懼曹操。

就這樣，在劉備和曹操喝完酒，回家的路上。

劉皇叔大人！這邊！

！

這一次，主動接近劉備的人，是獻帝的臣子。

首先向您介紹，這位是後宮的嬪妃——董夫人。

董承

董夫人

這次王子服、种輯，甚至是吳子蘭，都跟我們同一國。這種事怎麼能少了皇叔您？

沒錯，事實上皇帝正在想辦法剷除曹操。

…

吃得再好、住得再高級，有什麼用？劉備一刻也不能鬆懈，稍有不慎就可能人頭落地。

我得打起精神！

萬一出了差錯，我就死定了！

不過就在此時！曹操竟然命令劉備出征？

袁術逃往袁紹的領地了！抓緊時間逮住他。

！

這是個掙脫曹操魔掌的大好機會！

我去去就回！

許都

劉備在袁術逃難途中，率兵發動攻擊──袁術被打得落花流水，性命垂危。

曹操軍隊（with劉備軍隊）

啊！

袁術

袁術軍隊瓦解之後，劉備離開了曹操的軍隊，前往徐州。

徐州

曹操軍隊

劉備軍隊

他要去哪？！

並且再一次進軍徐州，奪下了領土。

憤怒！

你說什麼？劉皇……不對，劉備那傢伙？！

「獻帝的臣子打算暗中殺了曹操，曹操應該不會來徐州吧？」

我一個人在外面，不好意思。

嗚嗚

別這麼說。

已經準備得差不多！

現在就等曹操送上門！

當時劉備或許在心中這麼盤算著。

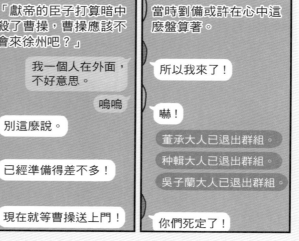

所以我來了！

嚇！

董承大人已退出群組。

种輯大人已退出群組。

吳子蘭大人已退出群組。

你們死定了！

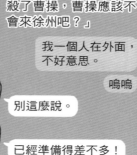

然而，暗殺曹操的計畫失敗了！

往哪跑！

曹操沿著同一條路，再次攻進徐州。

我要徹底了結你！

最終，劉備落荒而逃。

既然如此，不如去投奔袁紹吧！

老弟，沒關係！袁紹肯定需要我！他一定會接受我！

…

我都說真的沒關係了，張飛，真不像你，為什麼一句話也不說……。

麋竺？怎麼是你？

哭哭

……抱歉，是我。

這次的失敗對劉備造成嚴重的打擊，

怎麼會……張飛！關羽！我的弟弟！

因為劉備失去了他的好兄弟。

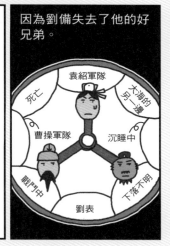

袁紹軍隊
死亡
大海的另一邊
曹操軍隊
沉睡中
戰鬥中
下落不明
劉表

此時，徐州的曹操陣營，

抖 抖
抖
抖

來吧！放馬過來。

你們不怕死的話。

?!

關羽正與曹操軍隊展開一番廝殺。

大嫂！接下來的場面傷眼，閉上眼睛吧！

糜夫人
劉備妻子

甘夫人
劉備妻子

哈啊！

鏘！

！

你也很固執呢！現在該投降了吧？

咳呃！

之前你明明也這樣勸我投降！

張遼

※一開始是呂布的將領，而後投降曹操。

張遼，你跟著呂布一起死，太可惜了！所以，當時我才勸你投降。

在我眼裡，你也相當可惜。所以，跟我走吧！

!!

不！與其向曹操投降，我還不如死！

！

大哥身後的那些士兵，難道也要讓他們送死嗎？！

你好好想清楚！我可是為了救你，才來這裡！

偷瞄－

聽完張遼的話，關公提出投降的 3 個條件。

什麼？關公有話對我說？什麼事？

那個……。

第一，他投降是向皇帝投降，而不是主公。

呃哼！

第二，好好照顧劉備的妻子。

糜夫人

甘夫人

第三，一旦得知劉備活著，他隨時會回到劉備身邊。

只要答應這 3 個條件，他就投降！

……關羽是這麼說的。

曹操大人！我們何必答應這種條件？乾脆……。

嗯？你說什麼？

荀彧

這才像我最愛的關公啊！

怒

怒

?!

最後，曹操答應了 3 個條件，把關羽納入軍隊。

這件衣服真適合你！關公。

…

曹

在關羽加入曹操軍隊的期間，劉備……。

來，就定位～Action！

你說，陛下他現在怎麼樣了？

是……他過得很好。

卡！

不要看鏡頭！還有，請你不要脫稿演出！

好，抱歉……。

劉備給了袁紹一個攻打曹操的理由！

重來！陛下過得很悲慘！曹操虐待皇帝！你只要這麼說就行了！

好，我知道了。

不過，這兩個人一定要開戰嗎？他們不是朋友嗎？

因為他們想要的東西，無法互相分享。

位置只有一個～

競爭者卻有兩名～

在這樣的情況下，曹操有什麼祕密武器？答案就是皇帝。

挾持天子

能控制皇帝。

這也表示，只要曹操下定決心，就能讓袁紹變成逆賊。

就我看來袁紹是逆賊！

所以，袁紹趁著一切還來得及，率先攻擊。

進攻！

什麼？劉備竟然對袁紹說那些話？

劉備……當初應該把他抓起來殺掉才對！

我們要除掉劉備嗎？

程昱！你有什麼方法嗎？

我有一個小計策。

程昱*

*三國時魏國將領和政治家。

派出關羽和袁紹軍隊對決！這樣一來，

嚇！

關羽在這裡？

什麼？

劉備該不會……？

劉備就會被袁紹當成間諜，大卸八塊。

你的主人真差勁。不過你別哭，我不會拋下你。

嗚……。

這樣一來，既能殺了劉備，又能得到關羽。

嗯！

啪

啪

不過比起這個，曹操現在遇上了更大的麻煩。

曹操你這傢伙！

此時，袁紹旗下最強的將領——顏良出現了！

敢欺壓皇帝，就納命來吧！

顏良

顏良所經之處，堆滿了曹操士兵的屍體。

袁紹那傢伙，第一次出手就這麼厲害！

該怎麼辦？

許褚*

*曹魏名將。

但是，顏良忘了現在的曹操軍隊裡，多了一號人物，

我去去就回！

後來，世人甚至稱他為「萬人之敵」，把他當成神一樣崇拜！

嗯！

他就是，加入曹操軍隊的關羽！

關羽？！

唰

啊！

轉眼間，袁紹軍隊失去了將領。誰都沒料到曹操軍隊竟然獲勝了！

什麼？我們贏了？

耶～！

什麼？你說顏良被誰殺了？

士兵們說，是一個紅臉長鬍子的傢伙……。

你沒有話要對我說嗎？

……

那麼，第一場戰役結束後，曹操怎麼樣了？

區區一個小兵，竟然砍下敵軍將領的腦袋……。

得讓你見識一下軍法滾燙的滋味！來！

曹操高興得飛上天了！畢竟關羽可是砍下了敵軍將領的腦袋。

關公歡迎會（擊敗顏良）

燒肉好吃嗎？不好吞吧？

叭

……是，我差點噎到了！

哪！

曹操對關羽的疼愛，還不只這樣！

哼！事到如今哭也沒用！來人！把牠帶上來！

是，遵命！

他將從前呂布的坐騎，馬中極品——赤兔馬，

咻咻～！

賜給了關羽！

別誤會！只是因為你的馬太瘦了，所以才給你這匹馬，讓你好好打仗！

如果是從前，關羽肯定會拒絕。不過，他卻非常滿意這個賞賜？

謝謝你！要是我能擁有那匹馬……

怎麼？你想去哪裡？

這樣一來，不論大哥在哪裡，我都能飛奔到他的身邊，不是嗎？

…

果然又是我的一廂情願。

走吧！

滿地心碎

曹操大人！

與此同時，袁紹軍隊再次朝曹操發動攻擊。

袁紹

進攻！

這時登場的是，同為袁紹最強將領的文醜！

顏良，我會替你報仇！

不過，曹操軍隊裡有誰？

我去去就回！

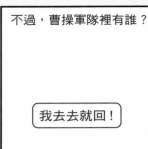

那還用多說？當然是關羽。

……

嘿！

連續幾場敗仗，在加上關羽的出現，令袁紹軍隊一個頭兩個大，

袁紹大人！不能因為這種小事改變策略！

因為他們失去了最強的將領——顏良和文醜。原本能輕易勝出的戰爭，開始逐漸失控。

袁紹大人！快點進攻吧！

郭圖

胡說八道！必須像對付公孫瓚那樣，打持久戰才對！

田豐

沮授

不過此時，袁紹卻做了一個反常的決定。

好，就照郭圖說的，再發動一次短期進攻！

這個方法不管用，為什麼還要繼續使用？

田豐

當初曹操攻打徐州時，早該使用那個策略了！就算現在用了，也於事無補！

……

想知道怎麼回事……就必須從劉備背叛曹操，攻下徐州那時說起。

當初曹操攻擊劉備時，田豐曾建議袁紹必須趁機攻打曹操。

嗯……好像有點困難。

麼？為什麼？

不過，袁紹因為兒子生病，最終錯失良機。

我兒子病了，我先回家。

什麼？袁紹大人！

請病假

話雖如此……

……所以，一切都是因為我囉？

但就在此時，袁紹又犯了一個錯。

來人！把田豐押入大牢！

袁紹大人！

還有，劉備！馬上讓你的弟弟離開曹操的軍隊！否則，我要你負責！

什麼？好。

和從前謹慎小心的性格不同，袁紹的手段變得越來越激烈。

袁紹軍隊

曹操

這種情況當然不能坐視不管。於是，劉備寫了一封信給關羽。

來，把這封信交給我在曹操軍營裡的弟弟。

是，劉備大人！

等一下，這樣還不夠。我必須立下功勞來洗刷冤屈。

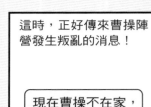

這時，正好傳來曹操陣營發生叛亂的消息！

現在曹操不在家，好機會！

劉辟

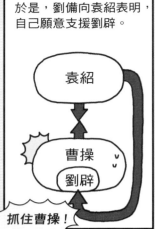

於是，劉備向袁紹表明，自己願意支援劉辟。

袁紹

曹操

劉辟

抓住曹操！

這樣一來，我們就更有理由討伐曹操了！

嗯～

好！你直接前往許都支援叛亂！祝你凱旋歸來！

為了讓劉備親自支援叛亂，袁紹甚至分給他一部分的士兵。

早去早回～

袁紹

鄴

好險！終於逃離那個地方了……。

劉備大人！

這時，劉備犯下了一個失誤。

什麼！劉辟為什麼會在這裡？

嘿嘿……有8年了吧？

＊劉辟為東漢末年黃巾軍，於西元200年戰死。

劉備並沒有告知袁紹，前往曹操軍營的事。

不過，劉備大人，關羽大人和張飛大人……？

對了！得告訴關羽！

此時，曹操軍營裡，關羽的宿舍……。

什麼？大哥在袁紹的軍隊裡？！

是

怎麼可能！這麼說來，我一直以來都與大哥為敵囉？

請您盡速離開吧！劉備大人已經在等您了！

好吧！但是在離開之前，我必須見曹操一面。

什麼？

離開之前，好歹應該道別一下吧？

……

曹操或許也猜到了，他刻意迴避，閉門不見。

下次　再來

？

即便如此，曹操仍想留住關羽。

我要走

啊！

曹操

要走

呃啊～

我什麼都聽不見！

最後，關羽留下一封道別信，離開了曹操。

嗯？

砰！

不走了嗎？

不要走！不，既然你要走，至少把這個……。

！

一直到關羽臨走之前，曹操才來送別。此時，曹操二話不說，脫下自己的袍子。見到曹操的舉動，關羽思考了片刻……。

這個非常暖和，穿上它再走吧！嗚嗚～

……

第 *5* 章

❋

官渡之戰 ②

以弱勝強，曹操為何能笑到最後？

關羽把青龍偃月刀伸向曹操。

曹操大人，多謝！

而曹操的袍子就這麼掛在青龍偃月刀上，隨風飄揚。

！

請你務必要保重！

！

！

！

駕！

曹操大人，要追嗎？

放肆無理，傲慢的傢伙……

實在太帥了！

嚇！鼻血……來人啊！拿衛生紙來！曹操大人流鼻血了！

就這樣，關羽出發前往袁紹的軍營……。

……對了。

不過，關羽沒想到的是，在到達袁紹的軍營之前，必須先通過曹操軍隊看守的城門。

沒有通行令？那就滾回去！

但時間緊迫，就算馬上回頭，也不能保證曹操會發放通行令。

大嫂，請往後退！

於是，關羽再次舉起他的青龍偃月刀，

讓開。

殺了看守第一關口和第二關口的孔秀和韓福。

要求看個通行令錯了嗎？

我只是……通行令……。

位在第三關口的卞喜，設下一道陷阱，等待關羽自投羅網，卻同樣慘死在偃月刀之下。

躲在草叢應該不會被發現。

接下來，第四關口的王植，打算在關羽暫時居住的住處放火，

不過，由於王植手下胡班的背叛，關羽才逃過一劫。

最後，關羽殺了第五關口的秦琪，只要再一步就能到袁紹軍營！

你這傢伙！

鏘！

失去手下愛將秦琪之後，夏侯惇立刻追殺關羽。

無恥之徒！我殺死你！

哼！誰怕誰！

幸好曹操及時傳來了訊息，中止兩人的對決。

喂。

關羽是我放走的。

別做沒用的事，放他走。

可是……

別可是了！

我說放人就放人。

……。

然後，關羽也聽到了劉備的消息。

關羽大人！

？

請你後退，往南方前進！

？

現在劉備大人去南方了。

看來他不會回來了！來南方吧！

嗯嗯

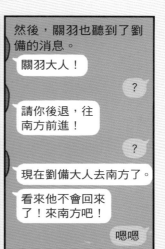

呿！算你走運！全軍！撤退！

...

咯噔

咯噔

咯噔

咯噔

?

搞啥？幹麼跟著我？

誰跟著你？我是要找我大哥。

你不是要去袁紹的軍營？

這樣啊？

嗯嗯，不過聽說他在劉表那裡。

嗯嗯。

好吧，那麼一路順風～

嗯～

亂七八糟～

...

你幹麼來這裡!!!

逃走～

就這樣，從北邊再次往南走……。

關羽……。

關羽帶著大嫂們，前去與劉備相會。

糟了！這個方向對嗎？

一行人穿越樹林途中，出現了一張許久未見的面孔！

咻！

終於被我找到了！你這個叛徒！

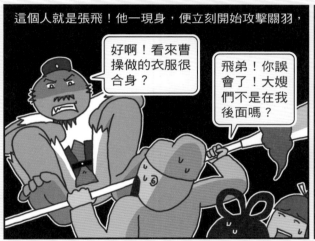

這個人就是張飛！他一現身，便立刻開始攻擊關羽，

好啊！看來曹操做的衣服很合身？

飛弟！你誤會了！大嫂們不是在我後面嗎？

偏偏在此時，曹操的士兵追了上來。

是嗎？那群人是怎麼回事？

！

秦琪的叔叔蔡陽，為了殺死關羽，從後方一路尾隨！

你既然要來這裡，何必殺了我的 姪兒？

蔡陽

關羽頓時陷入危機，於是他開始說服張飛。

你帶著大嫂們躲起來，我來收拾他們！

哼！你支開我，打算跟他們串通？

好！看在大嫂的面子上，給你一次機會！

！

啪！

在我敲完三次鼓之前，砍下他們腦袋，這樣你們就沒有時間講話了吧？

敲擊三次鼓面的時間相當短暫。

……我知道了！

抓緊！

不過，一聽完張飛的這句話，

嗯？

關羽立刻舉刀，殺了蔡陽和他帶領的所有曹操士兵。

!!!

張飛這才發現，自己誤會了關羽。

關兄，抱歉！我一時之間誤會你了，差點讓大家陷入危機。

於是，兩人和好如初，再次出發去找劉備。

沒事！感謝你還活著！

關兄！

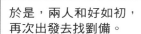

此時，劉備正朝著更南的地方前進。由於劉辟的反叛失敗，

劉辟死了！攻擊餘黨劉備！

曹仁

我忘了！弟弟們現在都不在身邊！

劉備只好南下，抵達劉表的陣營荊州。

曹操

劉表大人！

劉表

許都

襄陽

劉備的不請自來，反而讓劉表十分慌張。

什麼？劉備？那曹操也在路上囉？

沒錯。劉備是個危險分子，必須把他趕走！

好！就這麼辦！把門關起來！

蔡瑁

劉表

此時，劉表的軍隊擋在前方，曹操的軍隊緊追在後，劉備陷入了進退兩難的處境！

把你的頭獻給曹操，他一定很高興！

就這樣，當蔡瑁的刀即將落在劉備身上時！

咿呀！

揮！

揮！

鏘！

！

大哥！幹麼被這種傢伙嚇得半死？

大哥快讓開，我們來收拾這傢伙……。

你們！

嗖～

！

沒想到會在這裡見面！你們跑去哪了？

你們應該也認識他，之前在幽州時，我們不是一起替公孫瓚打仗嗎？

！　！

趙雲

我是趙雲！你們還記得我嗎？

關羽和張飛，再加上趙雲！這下子劉備終於與失散的兄弟相聚了！

事已至此，劉表想到了一個好方法。

好呀！乾脆就叫那些人去阻擋曹操吧。

那就是，把劉備送到曹操陣營附近的新野，讓他代替自己對抗曹操。

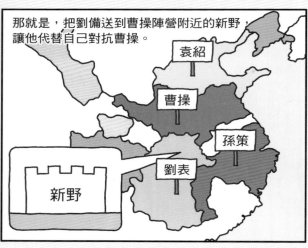

袁紹

曹操

孫策

劉表

新野

不過，去新野如何，去別的地方又如何？

大哥！　弟弟呀！

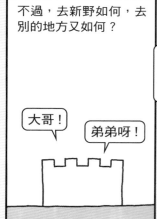

此時可是關羽、張飛、趙雲……劉備的軍隊，再次重逢的珍貴時刻！

我還以為你死了！我擔心死了！

抱歉，抱歉！

就這樣,當劉備的軍隊忙著聊天的時候,

哈哈哈

呵呵呵!

其他地方突然傳出一道哭聲。

哎唷～

?!

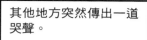

現在,讓時間倒轉,回到不久前孫策準備攻打曹操時!

當時,有個打算背叛孫策的人,叫許貢。他準備寫一封給獻帝,試圖誹謗孫策。

陛下……孫策是……壞蛋!

許貢

不過,許貢的信還來不及交到獻帝手上,就被孫策逮個正著!

於是,許貢就這麼死在孫策的手裡。

看吧?我就說孫策是個壞蛋?

然而,原本就一團糟的孫策陣營,因此變得更加混亂。

我們會待在這裡,都是因為實力太弱的緣故,才不是因為喜歡他!

孫策或許並不知曉這件事,於是某天,他就這樣獨自外出打獵……。

剛才明明經過這裡了啊……?

哎呀,這不是孫策大人嗎?

唉唷,竟然在這裡相遇了～

?

我們是韓當大將軍的手下，來看看這裡有沒有食物。

沒想到會在這裡遇見孫策大人，運氣真好～

嘎嘎嘎

…

嘎嘎

奇怪，韓當將軍的士兵我全都認識，卻從來沒看過你們？

擅自闖入我的狩獵場還不夠，甚至冒充別人的身分？你們是誰？

嚓！

哼！

啪！

啪！

許貢的仇人！去死吧！

結果，孫策碰上了打算暗殺他的刺客。

呃啊！

嚇！

咿呀！

雖然孫策憑著高強的武功，順利解決了刺客，

…

但刺客射出的毒針，卻給孫策致命性的一擊。

哐噹！

呃啊！

事到如今，周遭人也開始擔心起孫策的安危。

孫策不會有事吧？

就是說啊！

張昭

周瑜

越是這樣，孫策反而表現得越是強悍！

都是因為你們太小看我了！

他甚至殺了當時聲望極高的道士于吉，手段變得更加殘暴。

嗯？怎麼突然出現道士？

畢竟是以前嘛！

孫策！我倒要看看你能過得多好！

于吉

許多人對孫策心生畏懼。

聽說于吉道士死前對孫策大人下了詛咒。

聽說，于吉大人的屍體昨天消失了！現在還活著！

不過孫策也是個人，同樣會受傷、生病。

呃啊！

鏘嘡！

我總是在鏡子裡看到于吉……那個老頭在裡面！

孫策大人！

來人！拿一面新的鏡子過來！裡面沒有于吉那傢伙的鏡子！

是！遵命。

阿策！拜託你振作一點！

嚇！

你可是孫策！小霸王孫策！你到底怎麼了？

周瑜

孫權

沒錯！我可是小霸王孫策！

哐噹噹！

阿策！

大哥！

我還沒攻打曹操！全體士兵！攻打曹操！

孫策作為孫堅的兒子，渾身的勇猛和男子氣概與楚國將領項羽不相上下，所以素有「小霸王」之稱。

咳咳

但長期的征戰和一連串暴虐的行為，讓孫策失去了聲望，

大哥！

阿策！

哐！

最終，孫策死於刺客的襲擊，得年 26 歲。

來得這麼快？

哈哈。

享年 37 歲（孫堅）

得年 26 歲

君王英年早逝之後，下一位繼承人是他的弟弟孫權。

大哥，雖然我不會打仗，但我會讓這個地方發光發熱！

孫權（19歲）

既然劉備和孫策的故事講完了，

袁紹與曹操決鬥的故事，也該慢慢進入尾聲？

曹操

…

官渡城

袁紹按照軍師郭圖的提議，再次出動兵馬。

於是，曹操便死守在官渡城，不願出城。

對此，袁紹的軍師們再次提出對策，

情況不一樣了！我們必須打持久戰。

你想敗壞袁紹軍隊的名聲嗎？

沮授　郭圖

但是這一次，袁紹聽了郭圖的話。

來，看看這樣拔不拔得出來！

袁紹在官渡城周圍堆上土堆，不斷的朝曹操軍隊射箭。

如雨一般的箭矢，不分日夜的持續落下，軍糧也一天天地減少，曹操的處境越來越艱難。

我們……要不要投降？

為什麼要說那種話？我們再等一下吧！

我已寫信給荀彧大人！馬上就能得到回覆！

許褚　荀攸

沒錯，假如是荀彧，一定很快就有消息！

曹操大人！荀彧大人的信……。

荀彧送來的信，上面是這麼說的。

現在的情況對我們非常不利。

不過，我們只是在人數上占下風。再說，袁紹缺乏領導力，所以我們確實值得一試！

就算是一小塊布，還是贏得了石頭。

請您再忍耐一下！機會肯定會到來！

好喔！從今天開始1日1餐，撐下去就是我的了！

衝啊～！

那是我的飯糰！

就這樣，曹操陣營撐過了一天又一天……你知道他們撐了多久嗎？

1個月？
2個月？

足足有半年！曹操與兵力高達10倍之多的袁紹軍隊，就這樣僵持了半年。

…

悄～悄！

軍糧早已空空如也，要是再不下雨，士氣肯定低落。

主公了不起啊？這是我的！

誰能給我點吃的！

什麼？這是給主公的！

吵吵

鬧鬧

事到如今，也有一部分的人認為應該撤退！

不行！若現在不撤退，我們就死定了！

當然，荀彧堅持繼續抗戰下去。

袁紹的軍隊馬上就要出事了！

繼續抗戰……。

各位，你們知道嗎？我們花了6個月還攻不下官渡。

既然這樣，一開始就該打持久戰！你們都在幹什麼！

嗚！

果真如荀彧所料，袁紹的軍隊內部出現紛爭！

這肯定是內賊搞的鬼！各位要是發現有可疑的人，立刻向我報告！

是的……遵命！

和曹操軍隊一樣，袁紹陣營也同樣疲憊不堪。最後，其中一名軍師舉起了手。

袁紹大人！我有話要說！

許攸平常言行不端，和曹操也是老朋友，您不是應該要追究那傢伙的責任……？

審配

什麼？審配，你！

許攸

！

實際上許攸正因為是袁紹的朋友，所以才謀得官職。

風景真好啊！

而且他十分貪婪，喜歡收受賄賂。

都說別這樣了？我會好好跟我麻吉，不，是袁紹大人說一聲的！

袁紹似乎非常清楚他的所作所為，也一直對他充滿疑心。

來人啊！把許攸的家人抓起來，搜他全家！

喂！不是……袁紹大人！

一夕之間發生了這樣的事，最後許攸決定離開袁紹的陣營……。

逃跑吧！

許攸投向曹操的懷抱！

曹操～你還記得我吧？

！

官渡

許攸！有什麼重要的事嗎？怎麼會來這裡……？

曹操！

緊握！

不只這樣，許攸甚至把袁紹軍隊的補給基地，告訴曹操。

烏蘇

這裡就是我們的補給基地。攻打這就可以了！

袁紹

官渡

!!!

不過話說回來，一個叛徒說的話能相信嗎？萬一是陷阱……？

必須相信才行！

這是唯一能翻盤的機會！現在輪到我們進攻了！

而且根據線報，烏蘇附近有袁紹的駐軍，這是個好機會！

荀攸

賈詡

於是，曹操帶領軍隊，共出兵攻打袁紹的補給基地。

烏蘇

袁紹

官渡

絕地大反攻正式上演！

袁紹大人！大、大事不好了！

你說什麼！曹操怎麼會知道那個地方……？呃啊！

大概是許攸投降後，把消息洩漏出去了！

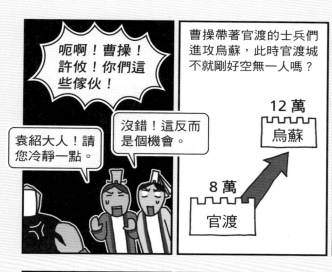

呃啊！曹操！許攸！你們這些傢伙！

袁紹大人！請您冷靜一點。

沒錯！這反而是個機會。

曹操帶著官渡的士兵們進攻烏蘇，此時官渡城不就剛好空無一人嗎？

12 萬
烏蘇

8 萬
官渡

所以現在必須出兵攻打官渡！

不行！袁紹大人！

與郭圖不同，張郃認為目前必須支援烏蘇。

戰爭的基礎，就是必須確保軍事物資的補給！立刻前往烏蘇！

張郃

不過袁紹……

什麼，袁紹大人？

不對，張郃！你去帶兵攻打官渡！

這是與時間的賽跑！在人數上我們占優勢，結果相當明顯！

噔

噔！

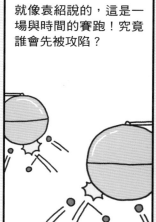

就像袁紹說的，這是一場與時間的賽跑！究竟誰會先被攻陷？

這一次的進攻！究竟，誰是贏家呢？

…

咳咳！

……這是怎麼回事？

扔！

就這麼贏了嗎？！

叭 梆！

袁紹忽略了一件事！
那就是，數字和速度是
兩碼子事！

不是力氣大，
過馬路就會比
較快。

烏蘇

官渡

得知消息的袁紹陣營，
會有什麼反應？當然是
陷入恐慌囉！

你，今晚
去站崗！

什麼？是……。

敏感

還有，不能
吃飯……。

為什麼？

最後，袁紹甚至對張郃
興師問罪。

各位！都是
因為他！都
是他的錯！

什麼？

眼看著曹操就來了，此
刻就算撤退也會成為罪
人，還不如正面對決？

在我走之前，
我一定要扭斷
郭圖的脖子。

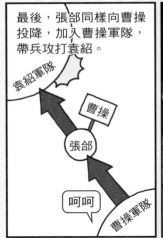

最後，張郃同樣向曹操
投降，加入曹操軍隊，
帶兵攻打袁紹。

袁紹軍隊

曹操

張郃

呵呵

曹操軍隊

張郃轉眼間投奔敵營，在此番攻擊之下，
袁紹頭也不回的撤兵了。

咳咳！ 咳咳！

結局瞬間大逆轉！袁紹經歷了慘痛的失敗！

是嗎……袁紹打了一場大敗仗？

於是，田豐做好了心理準備。

主公的疑心病很重，不聽規勸打了敗仗，我要是再說些什麼，一定會打擊主公的自尊心。

如田豐所料，袁紹一回到軍營，果然立刻處決了他。

……

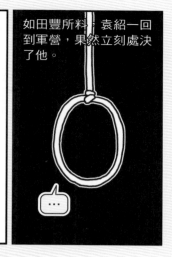

另外，和田豐一起提議採取持久戰的沮授，

我只效忠袁紹一人！多謝你的提議，但我不會接受。

為了守住自己與袁紹的節操，選擇自我了斷。

抱歉，我先走一步了！袁紹大人……。

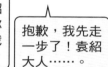

還有……

啪嗒！

還沒結束！區區 8 萬名算什麼？我還有 60 萬大軍！

搖搖

晃晃

走吧！先解決內部的叛亂！再去攻打曹操……。

踩

裂開

哐噹！

袁紹大人！

呃呃！

西元 202 年 5 月，袁紹最終結束了性命。

身為庶子的袁紹，是個在政治上順利突破身分限制的真男人，

不過由於高傲的自尊心和固執己見，他聽不進他人的建議。

嗡～

嗡～

守喪 6 年留下的老毛病，再加上失敗的衝擊，奪走了他的性命，

……雖然現在才說這些有點可笑。

抱歉，我當時應該聽你們的話。

原本最有希望統一天下的軍閥，就這麼離開了人世。

沒關係，主公！

田豐

沮授

那麼，曹操開始統治天下了嗎？

短時間之內還辦不到！

雖然袁紹死了，但他還留下了一大批軍隊，

…

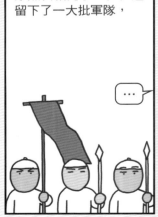

以及一個連他都無法解決的大問題。

嗄

老弟，別白費力氣了！

VS.

我的臺詞被大哥搶走，怎麼辦？！

嗄！

袁譚

袁尚

袁譚是誰，袁尚又是誰？

我有3個兒子！

首先，袁紹與大夫人生下了袁譚與袁熙，

繼承者當然是長男！不是嗎？

...

與二夫人生下了袁尚。

父親疼愛的人是我。

袁尚

!

袁譚 袁熙

......對了，有一個雖然不是繼承者，

弟弟們何必吵得這麼兇？

不過身為袁紹軍隊將領，同時是袁紹外甥的高幹，也培養了自己的勢力。

大家好好相處嘛～雖然與我無關。

高幹

袁熙除外，袁紹的勢力被瓜分成三部分。

袁尚

高幹 袁譚

這麼會爭奪權勢的人，為什麼選不出繼承人？

雖然沒有明確的原因，不過......。

人們認為，原因是袁紹的健康狀況突然惡化。

咳咳～

當初身為庶子的袁紹做了什麼事，得到了眾人的愛戴？

守喪6年

沒錯！袁紹替養父母守喪長達 6 年，都待在草屋裡痛哭。

嗚嗚～哇哇～

拋開儒教觀念不談，這簡直是一種酷刑。

衣 食 住

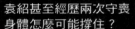

只穿喪服　禁吃酒肉　住在墳墓旁邊的草屋

事實上，也有許多人因為這項慣例死去。

我也守喪 3 年……結果去見父王了。

朝鮮文宗

袁紹甚至經歷兩次守喪，身體怎麼可能撐住？

……

袁紹的死亡，從某方面來說，早在預料之中！

如果犧牲健康守喪 6 年，我就給你權力。

簽名：

沒錯，不過繼承人通常不都是長子嗎？那麼，袁譚應該是下一位繼承人吧？但是！

你竟敢對大哥這樣！

哥，你現在已經不是父親的兒子了！

?!

咦？不是兒子？

袁紹生前，把長子袁譚送給自己的哥哥袁基當兒子，

袁基　袁紹

嘖！要叫我叔叔！

父親！為什麼……

袁譚

袁熙

而袁尚則擁有了袁紹全部的寵愛，甚至被稱為「迷你版袁紹」。

請好好幫我們拍一張全家福！

來，要照囉！

袁譚　袁熙

劉夫人

和父親一點也不像的長男，以及像極父親的小兒子。如此一來，雙方只能走向決裂。

百姓的選擇

於是，袁紹的陣營分成了袁譚派和袁尚派，彼此互相攻擊。

小老弟！給我下來！

大哥滾回去！

鄴

這對曹操來說，又是一個好機會。

喔？他們在打架！

雖然打贏了官渡之戰，袁紹的勢力依舊比曹操龐大。

不過，他們卻打了起來？嘻嘻～

也就是說，現在正是消滅袁紹殘餘勢力的大好時機。

雙金勾臂！！

曹操突然現身，令兄弟二人相當驚慌。

老弟！現在不是互相殘殺的時候。

你說得沒錯。

袁譚和袁尚決定聯手對抗曹操，連旁邊的高幹也前來支援二人。

到此為止，撤退吧！

什麼？為什麼？

現在撤兵，他們才會自相殘殺。我們只要悠哉的等待就可以了！

吼喔～

郭嘉說得一點也沒錯。
噠噠噠
走了嗎？
走了呢。
曹操一掉頭，袁譚和袁尚又開始大打出手！
用力！
用力！
某方面來說，這一點也不奇怪。因為這兩個人本來就不合很久了。
完成！
今日任務
阻擋曹操
家庭糾紛
就這樣，袁譚和袁尚之間的繼承人爭奪戰，越演越激烈。
哐噹噹！
哐噹！
這場對決最終由袁尚勝出，袁譚落荒而逃。
必須和曹操聯手！
突然胡說八道些什麼？和曹操聯手？
準確來說，是利用才對！
和曹操聯手趕走袁尚，再從背後偷襲曹操，奪下鄴城。
！
袁譚派
郭圖
慫恿曹操和袁尚大打出手……是個相當不錯的策略。
之前的事，我很抱歉。你明白吧？
知道！知道！
單就戰術上來看，確實如此。
曹操這傢伙，只要把袁尚趕走，你……，
你肯定會這樣想吧？

最終留下來的袁尚和袁熙，則逃向了北方。

什麼？他們兩個來找我？

但如今，曹操已掌握大權！遼東地區的公孫康沒有理由，也沒有力氣與曹操作對。

倒楣死了！幹麼來這裡？收拾他們。

公孫康

西元 207 年，公孫康砍下袁尚和袁熙的頭，獻給曹操，袁紹的勢力就此徹底消失。

…

看來天下就要落入曹操手中了……咦？

大哥，這樣不對吧？

不過就是懂讀書會寫字，怎麼這麼目中無人？

喂～咿！聽到了就出來！

…

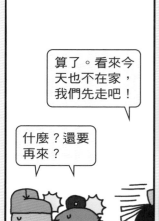

算了。看來今天也不在家，我們先走吧！

什麼？還要再來？

沒錯，想抓住一條龍，區區一天算什麼？

我會再來的！臥龍先生！

…

劉備加入劉表陣營，開始對抗曹操軍隊。

劉備

新野

事到如今，他才開始產生了一個疑問。

我們為什麼會輸？

…

…

!

關羽、張飛、趙雲，再加上身為文官的麋竺、簡雍及孫乾，身邊明明有這些人……。

金字塔完成！

對啊！我們沒有擬定軍事戰略的人！

哐噹噹！

呃啊！

噢，讓開！

啊！

可是大哥！聰明人會加入我們嗎？

我們現在還要忙著抵擋曹操的軍隊……。

難道要坐著等死嗎？別廢話，快點出去找人！

請問這裡是劉備大人的軍營嗎？

是啊，請問您是哪位？

此時，一位叫徐庶的男子，出現在劉備面前。他親自找上門，請求能成為劉備的軍師。

很高興認識您，我是徐庶！我來這裡是想見劉備大人一面。

請您務必接受我！

?!

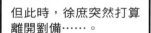
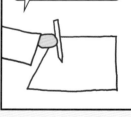

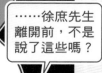

可是拜訪 3 次未免太過分了吧！當我們閒閒著沒事做嗎？

同感＋1。和這種與世隔絕的傢伙，要怎麼談論天下？

弟弟們，我啊，盼望能有一個世界，讓所有人過上平靜的生活。

一旦有人被殺，他的一生就結束了，對吧？他的世界就此終結。

所以對我來說，人民就是天下！我不是在等待一個人，而是在等待一個天下！

大逆不道！這個天下只能是皇帝的吧！

可是劉備大人說的那個天下，是所有人夢寐以求的地方，也是我的盼望所在。

所以我也要幫忙。我是諸葛亮！我有很多話想和劉備大人說。

噔

噔！

劉備終於見到諸葛亮，得到夢寐以求的軍師。

> 我的心情，就好比一隻魚遇到水。

正當劉備被滿滿的幸福感包圍的同時！

同一時間，另一處……。

> 孫權大人！這次的襲擊也成功了！

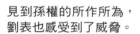

孫權接替兄長孫策的位置，開始擴張勢力，

> 劉表大人也暫時拿我們沒辦法。

> ……

見到孫權的所作所為，劉表也感受到了威脅。

> 我不管了，你們自己想辦法。

> 我明白了，劉表大人。

咳咳

黃祖

另外，在西涼一帶的馬騰與韓遂之間，也不斷上演開戰與和好的戲碼，

> ……

> 父親，你在做什麼？

馬超

位在益州的劉焉老早就離人世，目前由他的兒子劉璋統治益州。

> 兒子～沒有我，你也能好好活著吧？

劉焉

> 父親～！

劉璋

在益州的北邊，有個名為張魯的人，透過「五斗米道」這個宗教來統治人民。

> 想要加入就必須交出五斗米。

這些都是曹操消滅袁紹陣營期間所發生的事。

> 再也沒有袁紹了！現在只剩下南方了！

> 好！那麼來看一下當時各軍閥的情形吧？

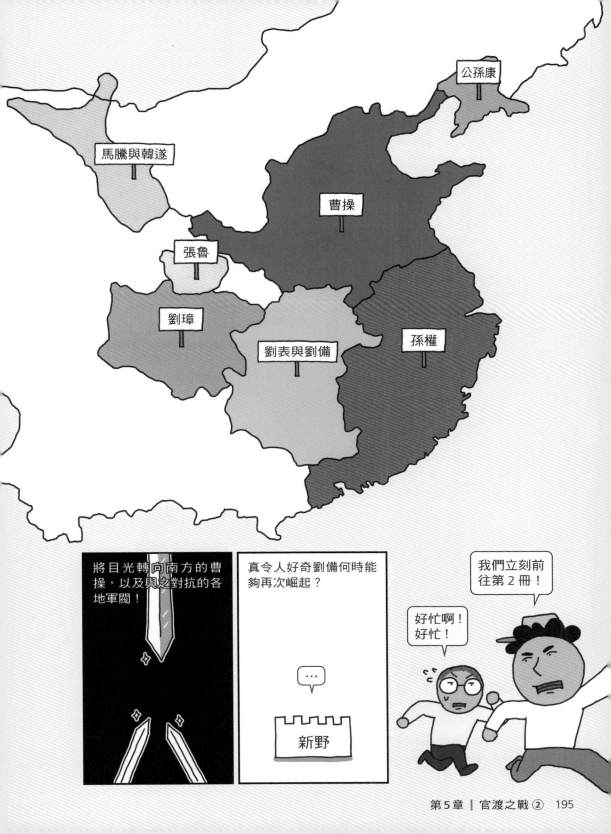

三國 ^{噓!}攻略筆記

論英會 vs. 鴻門宴

項羽和劉邦、曹操及劉備，競爭對手相遇後，在緊張氛圍中，相互宴飲的酒局，即為上述兩者的共同點。

鴻門宴

楚漢相爭時期，項羽和劉邦的將領們在宴會上拔劍起舞，直到劉邦的將領樊噲出現後才停止舞劍。

論英會

從字面上來看，是指討論英雄相關事物的場合，也就是曹操與劉備的酒席。

顏良、文醜

袁紹陣營中的王牌武將，
雖然武功相當高強，但缺乏領導
士兵的能力。

他們是我們
軍隊裡最強
的戰力。

給我等著！我會
成為曹操陣營舉
世無雙的將領。

張遼

曾是呂布的將領，而後到曹操
陣營擔任將帥。
在關羽的請求下，撿回了一條
命，後來在曹操的軍隊中，表
現優異。

三國（噓!）攻略筆記

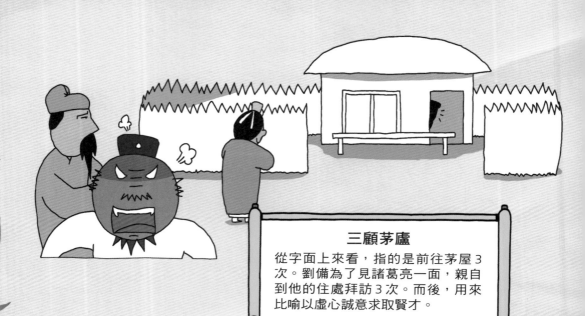

三顧茅廬

從字面上來看，指的是前往茅屋 3 次。劉備為了見諸葛亮一面，親自到他的住處拜訪 3 次。而後，用來比喻以虛心誠意求取賢才。

荀彧

……

我喜歡關羽，很想得到他！

曹操對關羽的愛（？）

關羽加入曹操軍隊時，曹操三天兩頭為關羽舉辦歡迎會，儘管關羽並沒有參加。他從曹操身上得到的，只有一匹赤兔馬。

趙雲

劉備加入公孫瓚軍隊
時結識的將領。
直到袁紹併吞公孫瓚
的勢力，劉備加入袁
紹陣營後，兩人才再
度重逢。

你要去劉表
那裡？

嗯，他是個多疑
的傢伙，要好好
安撫他才行！

簡雍、孫乾

兩人在劉備陣營負責外交。
雖沒有上戰場，但要是沒有
他們，劉備在建立起勢力之
前，早就陣亡了。

TELL 063

上課想偷看的三國志 1

始於黃巾之亂，打到官渡之戰，天下如何從群雄變成三國？
亂世中怎樣的人能成英雄？

作　　　者／Team. StoryG
譯　　　者／劉玉玲
責任編輯／黃凱琪
校對編輯／許珮怡
副總編輯／顏惠君
總 編 輯／吳依瑋
發 行 人／徐仲秋
會計助理／李秀娟
會　　　計／許鳳雪
版權主任／劉宗德
版權經理／郝麗珍
行銷企劃／徐千晴
業務助理／連玉
業務專員／馬絮盈、留婉茹
行銷、業務與網路書店總監／林裕安
總 經 理／陳絜吾

國家圖書館出版品預行編目（CIP）資料

上課想偷看的三國志 1：始於黃巾之亂，打到官
渡之戰，天下如何從群雄變成三國？亂世中怎樣
的人能成英雄？／Team. StoryG 著；劉玉玲譯.
-- 初版. -- 臺北市：大是文化有限公司，2024.06
208 面；17 × 23 公分. --（TELL；063）
譯自：처음 읽는 삼국지 1~3

ISBN 978-626-7448-22-9（第 1 冊：平裝）

1. CST：三國演義　2. CST：漫畫

857.4523　　　　　　　　　　　　113003234

出 版 者／大是文化有限公司
　　　　　臺北市 100 衡陽路 7 號 8 樓
　　　　　編輯部電話：（02）23757911
　　　　　購書相關資訊請洽：（02）23757911 分機 122
　　　　　24 小時讀者服務傳真：（02）23756999
　　　　　讀者服務 E-mail：dscsms28@gmail.com
　　　　　郵政劃撥帳號：19983366　戶名：大是文化有限公司

法律顧問／永然聯合法律事務所
香港發行／豐達出版發行有限公司　Rich Publishing & Distribution Ltd
　　　　　地址：香港柴灣永泰道 70 號柴灣工業城第 2 期 1805 室
　　　　　　　　　Unit 1805, Ph.2, Chai Wan Ind City, 70 Wing Tai Rd, Chai Wan, Hong Kong
　　　　　電話：21726513　傳真：21724355　E-mail：cary@subseasy.com.hk

封面設計／禾子島　內頁排版／黃淑華
印　　　刷／鴻霖傳媒印刷股份有限公司

出版日期／2024 年 6 月　初版
定　　　價／新臺幣 420 元（缺頁或裝訂錯誤的書，請寄回更換）
ISBN／978-626-7448-22-9
電子書 ISBN／9786267448144（PDF）
　　　　　　　9786267448274（EPUB）